U0570318

蘇文忠公策選·蘇長公表啓·蘇長公密語

遼寧省圖書館藏陶湘舊藏閔凌刻本集成

4

遼寧省圖書館 編

中華書局

第四册目録

蘇長公密語十六卷首一卷（卷六—卷十六）

（宋）蘇軾　撰
（明）李一公　輯
（明）王聖俞等　評

明刻朱墨套印本

鍾伯敬評
開口似不切題說來字字情理相關

蘇長公密語卷六

姑孰古繁李一公閒生甫選
三衢杜承仕邦用甫校

記

仁宗皇帝御書飛白記

問世之治亂必觀其人問人之賢不肖必以世考之孟子曰誦其詩讀其書不知其人可乎是以論其世也合抱之木不生於步仞之丘千金之子不

出于三家之市臣嘗逮事仁宗皇帝其愚不足以測知聖德之所至獨私竊覽觀四十餘年之間左右前後之人其大者固已光明儁偉深厚雄傑不可窺較而其小者猶能敦朴愷悌靖恭持重號稱長者當是之時天人和同上下懽心才智不用而道德有餘功業難名而福祿無窮升遐以來十有二年若臣若子罔有内外下至深山窮谷老婦稚子外薄四海裔夷君長見當時之人聞當時之事

未有不流涕稽首者也此豈獨上之澤歟凡在廷者與有力焉太子少傅安簡王公諱舉正臣不及見其人矣而識其爲人其流風遺俗可得而稱者以世考之也熙寧六年冬以事至姑蘇其子誨出慶曆中所賜公端敏字二飛白筆一以示臣且謂臣記之將刻石而傳諸世臣官在太常職在太史於法得書而以爲抱烏號之弓不若藏此筆寶曲阜之履不若傳此書考追蠡以論音聲不若推點

書以窺觀其所用之意存昌歜以追嗜好不若因褒貶以想見其所與之人或藏于名山或流于四方凡見此者皆當聳然而作如望旄頭之塵而聽屬車之音相與勉為忠厚而恥為浮薄或由此也夫

陶石簣評漢仁字主論飛白且置

鍾伯敬評有本末之文才人文士自然俛倖不来

王聖俞許敘致璀璨而玄理自呈此所謂務飾者也

勝相院經藏記

元豐三年歲在庚申有大比丘惟簡號曰寶月脩行如幻三摩鉢提在蜀城都大聖慈寺故中和院賜名勝相以無量寶黃金丹砂琉璃珍珠旃檀衆香莊嚴佛語及菩薩語作大寶藏涌起於海有大天龍背負而出及諸小龍糾結環繞諸化菩薩及護法神鎮守其門天魔鬼神各執其物以禦不祥是諸衆寶及諸佛子光色聲香自相磨激璀璨芳

郁玲瓏宛轉生出諸相變化無窮不假言語自然顯見苦空無我無量妙義凡見聞者隨其根性各有所得如衆饑人入於大倉雖未得食已有飽意又如病人遊於藥市聞衆藥香病自衰減更能取米作無礙飰恣食取飽自然不饑又能取藥以療衆病衆病有盡而藥無窮須臾之間無病可療以是緣度無量衆時見聞者皆爭捨施富者出財壯者出力巧者出技皆舍所愛及諸結習而作佛事

王荆公居鍾山一日与客處得此記展誦于風簷之

求脫煩惱濁惡苦海有一居士其先蜀人與是比丘有大因緣去國流浪在江淮間聞是比丘作是佛事即欲隨衆舍所愛習周視其身及其室廬求可舍者了無一物如焦穀等如石女兒乃至無有毫髮可捨私自念言我今惟有無始以來結習口業妄言綺語論說古今是非成敗以是業故所出言語猶如鐘磬黼黻文章悅可耳目如人善博日勝日負自云是巧不知是業今捨此業作寶藏偈

下喜見影須眉曰子瞻人中虎也然有一字未妥容請削之呂曰月勝日負不若日勝月負竟以削之拊掌大笑以爲知己

願我今世作是偈已盡未來世永斷諸業客塵妄想及諸理障一切世間無取無捨無憎無愛無可無不可時此居士稽首西望而說偈曰我遊衆寶山見山不見寶巖谷及草木虎豹諸龍蛇雖知寶所在欲取不可得復有求寶者自言已得寶見寶不見山亦未得寶故譬如夢中人未嘗知是夢既知是夢已所夢即變滅見我不見夢因以我爲覺不知真覺者覺夢兩無有我觀大寶藏如以蜜說

甜衆生未諭故復以甜說蜜甜蜜更相說千刼無窮盡自蜜及甘蔗查梨與橘柚說甜而得酸以及鹹辛苦忽然反自味舌根有甜相我爾默自知不煩更相說我今說此偈於道亦云遠如眼根自見是眼非我有當有無耳人聽此非舌言於一彈指頃洗我千刼罪

王聖俞評佛教維摩玉於思議不參而反借寵嚴色相以顯其趣此篇斆彼法中語全似

樓迂齋評看拈起甚麼一種話頭便被他對副了觀此文如生蛇活虎不惟象通徹亦是佛書精熟所謂信手拈來物物真者

大悲閣記

大悲者觀世音之變也觀世音由聞而覺始於聞而能無所聞始於無所聞而能無所不聞能無所聞雖無身可也能無所不聞雖千萬億身可也而況於手與目乎雖然非吾身無以舉千萬億身之衆非千萬億身無以示無身之至故散而爲千萬億身聚而爲八萬四千母陁羅臂八萬四千清淨寶目其道一爾昔吾嘗觀於此吾頭髮不可勝數

脫去障礙白標形神

自佛引入人事

層層變層層奇

錢東湖評
此段皆吾儒
大公順應道
理非徒爲佛
作記者

而身毛孔亦不可勝數牽一髮而頭爲之動拔一毛而身爲之變然則髮皆吾頭而毛孔皆吾身也彼皆吾頭而不能爲頭之用彼皆吾身而不能具身之智則物有以亂之矣吾將使世人左手運斤而右手執削目數飛鴈而耳節鳴鼓首肯傍人而足識梯級雖有智者有所不暇矣而況千手異執而千目各視乎及吾燕坐寂然心念凝默湛然如大明鏡人鬼鳥獸雜陳乎吾前色聲香味交遘乎

心成意实可以為我佛矣

摹寫簡而盡

吾體心雖不起而物無不接接必有道卽千手之出千目之運雖未可得見而理則具矣彼佛菩薩亦然雖一身不成二佛而一佛能遍河沙諸國非有它也觸而不亂至而能應理有必至而何獨疑於大悲乎成都西南大都會也佛事最勝而大悲之像未覩其傑有法師敏行者能讀內外教博通其義欲修如幻三昧爲一方首乃以大旃檀作菩薩像端嚴妙麗具慈愍性手臂錯出開合捧執措

彈摩揥千態具備手各有目無妄舉者復作大閣以覆菩薩雄偉壯峙工與像稱都人作禮因敬生悟余遊於四方二十餘年矣雖未得歸而想見其處敏行使其徒法震乞文爲道其所以然者且頌之曰

吾觀世間人兩目兩手臂物至不能應狂惑失所措其有欲應者顛倒作思慮思慮非真實無異無手目菩薩千手目與一手目同物至心亦至曾不

錢文登評
一言甚妙

作思慮隨其所當應無不得其當引弓挾白羽劍盾諸械器經卷及香華盂水青楊枝珊瑚大寶炬白拂朱藤杖所遇無不執所執無有疑緣何得無疑以我無心故若猶有心者千手當千心一人而千心內自相攫攘何暇能應物千手無一心手手得其處稽首大悲尊願度一切衆皆證無心法皆具千手目

王聖俞評　參玄正如參獄案參得透時翻覆

如意

陶石簣評是楞嚴入流亡所一段注疏亦易無思也一段註疏長以勘破此意便爾玩世

鍾伯敬評道理爛熟拈着即是不知其為佛為儒也又評其文所以妙者不在引用佛典而其辯峰圓熟直捷層疊變化不可謂不從楞嚴維摩諸經中出他人一學之便醜矣故拈此一篇可以示人

透極禪宗

佛与菩薩猶聖之与賢其中甚懸絶卽十地菩薩亦自不同

虔州崇慶禪院心經藏記

如來得阿耨多羅三藐三菩提以無所得故而得舍利弗得阿羅漢道亦以無所得故而得如來與舍利弗若是同乎曰何獨舍利弗至于百工賤技承蜩意鉤履狶畫墁未有不同者論道之大小雖至於大菩薩其視如來猶若天淵然及其以無所得故而得則承蜩意鉤履狶畫墁未有不與如來同者也以吾之所知推至其所不知嬰兒生

而道之言稍長而教之書口必至於忘聲而後能言手必至於忘筆而後能書此吾之所知也口不能忘聲則語言難于屬文手不能忘筆則字畫難於刻琱及其相忘之至也則形容心術酬酢萬物之變忽然而不自知也自不能者而觀之其神智妙達不既超然與如來同乎故金剛經曰一切賢聖皆以無爲法而有差别以是爲技則技疑神以是爲道則道疑聖古之人與人皆學而獨至於是

一語甚微

其必有道矣吾非學佛者不知其所自入獨聞之孔子曰詩三百一言以蔽之曰思無邪夫有思皆邪也善惡同而無思則土木也云何能使有思而無邪無思而非土木乎嗚呼吾老矣安得數年之暇託於佛僧之宇盡發其書以無所思心會如來意庶幾於無所得故而得者謫居惠州終歲無事宜若得行其志而州之僧舍無所謂經藏者獨榜其所居室曰思無邪齋而銘之致其志焉始吾南

遷過虔州與通守奉議郎俞君括游一日訪廉泉
入崇慶院觀寶輪藏君曰是於江南壯麗爲第一
其費二千餘萬前長老曇秀始作之幾於成而寂
今長老惟湜嗣成之奔走三老之間勸導經營銖
積寸累十有六年而成者僧知錫也子能愍此三
士之勞爲一言記之乎吾荅心許之俞君博學能
文敏於從政而恬於進取數與吾書欲棄官相從
學道自虔罷歸道病卒於廬陵虔之士民有巷哭

者吾亦爲出涕故作此文以遺湜錫幷論孔子思無邪之意與吾有志無書之歎使刻于石且與俞君結未來之因乎紹聖二年五月二十七日記

金剛經應無所住而生其心可以參思無邪之旨

四菩薩閣記

始吾先君於物無所好燕居如齋言笑有時顧嘗嗜畫弟子門人無以悅之則爭致其所嗜庶幾一解其顏故雖爲布衣而致畫與公卿等長安有故藏經龕唐明皇帝所建其門四達八版皆吳道子畫陽爲菩薩陰爲天王凡十有六軀廣明之亂爲賊所焚有僧忘其名於兵火中拔其四版以逃既重不可負又迫於賊恐不能俱全遂竅其兩版以

受荷西奔於岐而寄死於烏牙之僧舍版留於是百八十年矣客有以錢十萬得之以示軾者軾歸其直而取之以獻諸先君先君之所嗜百有餘品一旦以是四版爲甲治平四年先君沒于京師軾自汴入淮泝于江載是四版以歸既免喪所甞與往來浮屠人惟簡誦其師之言教軾爲先君捨施必所甚愛與所不忍捨者軾用其說思先君之所甚愛軾之所不忍捨者莫若是版故遂以與之且

鍾伯敬評說
成我處心竅

告之曰此明皇帝之所不能守而焚於賊者也而況於余乎余視天下之蓄此者多矣有能及三世者乎其始求之者不及既得唯恐失之而其子孫不以易衣食者鮮矣余惟自度不能長守此也是以與子子將何以守之簡曰吾以身守之吾眼可霍吾足可斮吾畫不可奪若是足以守之歟軾曰未也足以終子之世而已簡曰又盟於佛而以鬼守之凡取是者與凡以是予人者其罪如律若是

如此言守方可免癡

此人亦不凡

足以守之歟軾曰未也世有無佛而蔑鬼者然則何以守之曰軾之以是予子者凡以爲先君捨也天下豈有無父之人歟其誰取之若其聞是而不悛不惟一觀而已將必取之然後爲快則其人之賢愚與廣明之焚此者一也全其子孫多矣而况能久有此乎且夫不可取者存乎子取不取者存乎人子勉之矣爲子之不可取者而已又何知焉旣以予簡簡以錢百萬度爲大閣以藏之且畫先

君像其上軾助錢二十之一期以明年冬閣成

陶石簣許可以破慳

鍾伯敬許明皇所不能守而僧守之子瞻之父以布衣得之子瞻又為其父捨之而不教僧守之機緣節目步步不可思議○天下豈有無父之人一語用世法說佛法此善護佛法者也末段罵人亦復喚醒人

南華長老題名記

學者以成佛爲難乎累土畫沙童子戲也皆足以成佛以爲易乎受記得道如菩薩大弟子皆不任問疾是義安在方其迷亂顛倒流浪苦海之中一念正眞萬法皆具及其勤苦功用爲山九仞之後毫釐差失千刼不復嗚呼道固如是也豈獨佛乎子思子曰夫婦之不肖可以能行焉及其至也雖聖人亦有所不能焉孟子則以爲聖人之道始於

不爲穿窬而穿窬之惡成於言不言人未有欲爲穿窬者雖穿窬亦不欲也自其不欲爲之心而求之則穿窬足以爲聖人可以言而不言不可以言而言雖賢人君子有不能免也因其不能免之過而遂之則賢人君子有時而爲盜是二法者相反而相爲用儒與釋皆然南華長老明公其始蓋學於子思孟子者其後棄家爲浮屠氏不知者以爲逃儒歸佛不知其猶儒也南華自六祖大鑒示滅

其傳法得眼者散而之四方故南華爲律寺至吾
宋天僖三年始有詔以智度禪師普遂住持至今
明公蓋十一世矣明公告東坡居士曰宰官行世
間法沙門行出世間法世間即出世間等無有二
今宰官傳授皆有題名壁記而沙門獨無有矧吾
道場實補佛祖處其可不嚴其傳子爲我記之居
士曰諾乃爲論儒釋不謀而同者以爲記建中靖
國元年正月一日

鄭孔肩評從題名兩字成文

清風閣記

文慧大師應符居成都玉谿上爲閣曰清風以書來求文爲記五返而益勤余不能已戲爲浮屠語以問之曰符而所謂身者汝之所寄也而所謂閣者汝之所以寄所寄也身與閣汝不得有而名烏乎施名將無所施而烏用記乎雖然吾爲汝放心遺形而強言之汝亦放心遺形而強聽之木生於山水流於淵山與淵且不得有而人以爲巳有不

亦惑歟天地之相磨虚空與有物之相推而風於是焉生執之而不可得也逐之而不可及也汝爲居室而以名之吾又爲汝記之不亦大惑歟雖然世之所謂已有而不惑者其與是奚辨若是而可以爲有邪則雖汝之有是風可也雖爲居室而以名之吾又爲汝記之可也非惑也風起於蒼茫之間彷徨乎山澤激越乎城郭道路虚徐演漾以泚汝之軒牕闌楯幔帷而不去也汝隱几而觀之其

亦有得乎力生於所激而不自爲力故不勞形生於所遇而不自爲形故不窮嘗試以是觀之

陶石簣評淒微宛轉驚驟變幻方之莊生齊物

如欲伯仲

衆妙堂記

眉山道士張易簡教小學常百人予幼時亦與焉居天慶觀北極院予蓋從之三年謫居海南一日夢至其處見張道士如平昔汛治庭宇若有所待者曰老先生且至其徒有誦老子者曰玄之又玄衆妙之門予曰妙一而已容有衆乎道士笑曰一已陋矣何妙之有若審妙也雖衆可也因指灑水薙草者曰是各一妙也予復視之則二人者手若

精奇

參悟

風雨而步中規矩蓋煥然霧除霍然雲消予驚嘆曰妙蓋至此乎庖丁之理解郢人之鼻斵信矣二人者釋技而上曰子未覩眞妙庖郢非其人也是技與道相半習與空相會非無挾而徑造者也子亦見夫蜩與鷄乎夫蜩登木而號不知止也夫鷄俯首而啄不知仰也其固也如此然至蛻與伏也則無視無聽無饑無渴默化於荒忽之中候伺於毫髮之間雖聖知不及也是豈技與習之助乎二

老先生名不

稍出

人者出道士曰子少安須老先生至而問焉二人者顧曰老先生未必知也子往見蜩與鷄而問之可以養生可以長年廣州道士崇道大師何德順學道而至於妙者也故榜其堂曰衆妙書來海南求文以記之因以夢中語爲記紹聖六年三月十五日蜀人蘇某書

王聖俞許無限妙解歸之一夢見此解又不可執也

〇四二

陶石簣評曰不思記思堂自然奇絕

錢文登評前面言不思處凡六段中引隱者奇絕結尾數語亦歸本旨更見變幻

思堂記

建安章質夫築室於公堂之西名之曰思曰吾將朝夕於是凡吾之所爲必思而後行子爲我記之嗟夫余天下之無思慮者也遇事則發不暇思也未發而思之則未至已發而思之則無及以此終身不知所思言發於心而衝余口吐之則逆人茹之則逆余以爲寧逆人也故卒吐之君子之於善也如好好色其於不善也如惡惡臭豈復臨事而

思甚于欲猶創之論

後思討議其美惡而避就之哉是故臨義而思利則義必不果臨戰而思生則戰必不力若夫窮達得喪死生禍福則吾有命矣少時遇隱者曰孺子近道少思寡欲曰思與欲若是均乎曰甚於欲庭有二盎以畜水隱者指之曰是有蟻漏是日取一升而棄之孰先竭曰必蟻漏者思慮之賊人也微而無間隱者之言有會於余心余行之且夫不思之樂不可名也虛而明一而通安而不懈不處而

入深矣然接縫甚妙

記樂字始透

無思無邪詩易相為表裏

靜不飲酒而醉不閉目而睡將以是記思堂不亦謬乎雖然亦各有當也萬物並育而不相害道並行而不相悖以質夫之賢其所謂思者豈世俗之營營於思慮者乎易曰無思也無為也我願學焉詩曰思無邪質夫以之元豐元年正月二十四日記

補此一語共

言始無病

雙股得好

王聖俞評　翻案立意甚奇

鍾伯敬評　先師雷何思太史云此等学力非子

瞻不能有此等議論非子瞻不能作蓋先生嘗以告子不得于言勿求于心不得于心勿求于氣爲学閒真受用于此可思而得之今人將告子作一偏強看耳

姜鳳阿許記思堂而專説無思之妙辭義相繆而意實相通所謂無中生有以死作活射雕手也

王聖俞評千古文人惟南華老仙太史公蘇長公字字挾飛鳴之勢

石鐘山記

水經云彭蠡之口有石鐘山焉酈元以爲下臨深潭微風鼓浪水石相搏聲如洪鐘是說也人常疑之今以鐘磬置水中雖大風浪不能鳴也而況石乎至唐李渤始訪其遺蹤得雙石於潭上扣而聆之南聲函胡北音清越枹止響騰餘韻徐歇自以爲得之矣然是說也余尤疑之石之鏗然有聲者所在皆是也而此獨以鐘名何哉元豐七年六月

何等興趣

陳眉公評逼真

丁丑余自齊安舟行至臨汝而長子邁將赴饒之德興尉送之至湖口因得觀所謂石鐘者寺僧使小童持斧於亂石間擇其一二扣之硿硿然余固笑而不信也至其夜月明獨與邁乘小舟至絕壁下大石側立千仞如猛獸奇鬼森然欲搏人而山上棲鶻聞人聲亦驚起磔磔雲霄間又有若老人欬且笑於山谷中者或曰此鸛鶴也余方心動欲還而大聲發于水上噌吰如鐘鼓不絕舟人大恐

得此倍說好

鍾伯敬評四句杜撰得妙

徐而察之則上下皆石穴罅不知其淺深微波入焉涵澹澎湃而爲此也舟迴至兩山間將入港口有大石當中流可坐百人空中而多竅與風水相吞吐有窾坎鏜鞳之聲與向之噌吰者相應如樂作焉因笑謂邁曰汝識之乎噌吰者周景王之無射也窾坎鏜鞳者魏獻子之歌鐘也古之人不余欺也事不目見耳聞而臆斷其有無可乎酈元之所見聞殆與予同而言之不詳士大夫終不肯以

收得佳

小舟夜泊絶壁之下故莫能知而漁工水師雖知而不能言此世所以不傳也而陋者廼以斧斤考擊而求之自以爲得其實余是以記之葢嘆酈元之簡而笑李渤之陋也

王聖俞評山水怕经好事者一遍便討出幽勝

陶石簣評平鋪直敘却自波折可喜此是性靈上带来文字今古所希

鍾伯敬評真窮理之言所謂身到處不肯放过也可見窮山水之情者不是好事[illegible]是虚心细心

善模神

傳神記

傳神之難在目顧虎頭云傳形寫影都在阿堵中其次在顴頰吾嘗於燈下顧自見頰影使人就壁模之不作眉目見者皆失笑知其爲吾也目與顴頰似餘無不似者眉與鼻口可以增減取似也傳神與相一道欲得其人之天法當於衆中陰察之今乃使人具衣冠坐注視一物彼方斂容自持豈復見其天乎凡人意思各有所在或在眉目或在

鍾伯敬許
一又從天字襯
出意思二字

鼻口虎頭云頰上加三毛覺精采殊勝則此人意思蓋在須頰間也優孟學孫叔敖抵掌談笑至使人謂死者復生此豈舉體皆似亦得其意思所在而已使畫者悟此理則人人可以爲顧陸吾嘗見僧惟眞畫曾魯公初不甚似一日往見公而喜甚曰吾得之矣乃於眉後加三紋隱約可見作俛首仰視眉揚而額蹙者遂太似南都程懷立衆稱其能於傳吾神大得其全懷立舉止如諸生蕭然有

意於筆墨之外者也故以吾所聞助發云

陶石簣評此法從顧長康來無人道

鍾伯敬評特識名言觀人用人之道俱不外此

〇五四

王聖俞云入手數許得畫家之深者是後踈之蓉眞是不作文字號而讀之白文字耳

文與可畫篔簹谷偃竹記

竹之始生一寸之萌耳而節葉具焉自蜩腹蛇蚹以至于劒拔十尋者生而有之也今畫者乃節節而爲之葉葉而累之豈復有竹乎故畫竹必先得成竹於胸中執筆熟視乃見其所欲畫者急起從之振筆直遂以追其所見如兎起鶻落少縱則逝矣與可之教予如此予不能然也而心識其所以然夫既心識其所以然而不能然者内外不一心

跌法妙

鍾伯敬評：許多鮮幻解之于學使人有下手處

李卓吾評：趣

手不相應不學之過也故凡有見於中而操之不熟者平居自視了然而臨事忽焉喪之豈獨竹乎子由爲墨竹賦以遺與可曰庖丁解牛者也而養生者取之輪扁斲輪者也而讀書者與之今夫夫子之託於斯竹也而予以爲有道者則非耶子由未嘗畫也故得其意而已若予者不獨得其意并得其法與可畫竹初不自貴重四方之人持縑素而請者足相躡於其門與可厭之投諸地而罵曰

長公有詩云為愛鵝谿白繭光即絹也

吾將以爲韈士大夫傳之以爲口實及與可自洋州還而余爲徐州與可以書遺余曰近語士大夫吾墨竹一派近在彭城可往求之韈材當萃於子矣書尾復寫一詩其略曰擬將一段鵝谿絹掃取寒梢萬尺長予謂與可竹長萬尺當用絹二百五十匹知公倦於筆硯願得此絹而已與可無以荅則曰吾言妄矣世豈有萬尺竹哉余因而實之荅其詩曰世間亦有千尋竹月落庭空影許長與可

篔簹竹長数丈圍一尺五六寸一節相去六七尺

有失笑長以那得不哭哭聲

笑曰蘇子辯則辯矣然二百五十匹吾將買田而歸老焉因以所畫篔簹谷偃竹遺余曰此竹數尺耳而有萬尺之勢篔簹谷在洋州與可嘗令予作洋州三十詠篔簹谷其一也予詩云漢川修竹賤如蓬斤斧何曾赦籜龍料得清貧饞太守渭濱千畝在胸中與可是日與其妻遊谷中燒筍晩食發函得詩失笑噴飯滿案元豐二年正月二十日與可沒於陳州是歲七月七日予在湖州曝書畫見

此竹廢卷而哭失聲昔曹孟德祭喬公文有車過
腹痛之語而予亦載與可疇昔戲笑之言者以見
與可于予親厚無間如此也

陶石簣評戲笑成文

李卓吾評畫家不可不知

与可知墨君長公知与可神在寫先意絕貴藏

墨君堂記

凡人相與號呼者貴之則曰公賢之則曰君自其下則爾汝之雖公卿之貴天下貌畏而心不服則進而君公退而爾汝者多矣獨王子猷謂竹君天下從而君之無異辭今與可又能以墨象君之形容作堂以居君而屬余爲文以頌君德則與可之於君信厚矣與可之爲人也端靜而文明哲而忠士之修潔博習朝夕磨治洗濯以求交于與可者

李卓吾評此段甚好

體得妙

非一人也而獨厚君如此君又疏簡抗勁無聲色臭味可以娛悅人之耳目鼻口則與可之厚君也其必有以賢君矣世之能寒燠人者其氣燄亦未至若雪霜風雨之切于肌膚也而士鮮不以爲欣戚喪其所守自植物而言之四時之變亦大矣而君獨不顧雖微與可天下其孰不賢之然與可獨能得君之深而知君之所以賢雍容談笑揮灑奮迅而盡君之德稚壯枯老之容披折偃仰之勢風

雪凌厲以觀其操崖石犖确以致其節得志遂茂而不驕不得志瘁瘠而不辱羣居不倚獨立不懼與可之于君可謂得其情而盡其性矣余雖不足以知君願從與可求君之昆弟子孫族屬朋友之象而藏于吾室以爲君之別館云

竊比可與交友

寶繪堂記

君子可以寓意於物而不可以留意于物寓意于物雖微物足以爲樂雖尤物不足以爲病留意于物雖微物足以爲病雖尤物不足以爲樂老子曰五色令人目盲五音令人耳聾五味令人口爽馳騁田獵令人心發狂然聖人未嘗廢此四者亦聊以寓意耳劉備之雄才也而好結髦嵇康之達也而好鍛鍊阮孚之放也而好蠟屐此豈有聲色臭

味也哉而樂之終身不厭凡物之可喜足以悅人而不足以移人者莫若書與畫然至其留意而不釋則其禍有不可勝言者鍾繇至以此嘔血發塚宋孝武王僧虔至以此相忌桓玄之走舸王涯之複壁皆以兒戲害其國凶其身此留意之禍也始吾少時嘗好此二者家之所有惟恐其失夫人之所有惟恐其不吾予也既而自笑曰吾薄富貴而厚于書輕死生而重于畫豈不顛倒錯繆失其本

心也哉自是不復好見可喜者雖時復蓄之然爲人取去亦不復惜也譬之煙雲之過眼百鳥之感耳豈不欣然接之去而不復念也于是乎二物者常爲吾樂而不能爲吾病駙馬都尉王君晉卿雖在戚里而其被服禮義學問詩書常與寒士角平居攘去膏粱屏遠聲色而從事于書畫作寶繪堂于私第之東以蓄其所有而求文以爲記恐其不幸而類吾少時之所好故以是告之庶幾全其樂

而遠其病也熈寧十年七月二十日記

陶石簣許可當收藏書畫家一帖藥

超然臺記

凡物皆有可觀苟有可觀皆有可樂非必怪奇瑋麗者也餔糟啜醨皆可以醉果蔬草木皆可以飽推此類也吾安往而不樂夫所謂求福而辭禍者以福可喜而禍可悲也人之所欲無窮而物之可以足吾欲者有盡美惡之辨戰于中而去取之擇交乎前則可樂者常少而可悲者常多是謂求禍而辭福夫求禍而辭福豈人之情也哉物有以盡

之矣彼遊于物之内而不遊于物之外物非有大小也自其内而觀之未有不高且大者也彼挾其高大以臨我則我常眩亂反覆如隙中之觀鬬又烏知勝負之所在是以美惡横生而憂樂出焉可不大哀乎予自錢塘移守膠西釋舟楫之安而服車馬之勞去雕墻之美而蔽采椽之居背湖山之觀而行桑麻之野始至之日歲比不登盗賊滿野獄訟充斥而齋厨索然日食杞菊人固疑予之不

樂也處之期年而貌加豐髮之白者日以反黑予既樂其風俗之淳而其吏民亦安予之拙也于是治其園圃潔其庭宇伐安丘高密之木以修補破敗爲苟完之計而園之北因城以爲臺者舊矣稍葺而新之時相與登覽放意肆志焉南望馬耳常山出沒隱見若近若遠庶幾有隱君子乎而其東則盧山秦人盧敖之所從遁也西望穆陵隱然如城郭師尚父齊威公之遺烈猶有存者北俯濰水

慨然太息思淮陰之功而弔其不終臺高而安深而明夏涼而冬温雨雪之朝風月之夕予未嘗不在客未嘗不從擷園蔬取池魚釀秫酒瀹脱粟而食之曰樂哉遊乎方是時予弟子由適在濟南聞而賦之且名其臺曰超然以見予之無所往而不樂者葢遊于物之外也

凌虛臺記

國於南山之下宜若起居飲食與山接也四方之山莫高於終南而都邑之麗山者莫近于扶風以至近求最高其勢必得而太守之居未嘗知有山焉雖非事之所以損益而物理有不當然者此凌虛之所為築也方其未築也太守陳公杖履逍遥于其下見山之出于林木之上者纍纍如人之旅行于墻外而見其髻也曰是必有異使工鑿其前

爲方池以其土築臺高出于屋之簷而止然後人之至于其上者恍然不知臺之高而以爲山之踊躍奮迅而出也公曰是宜名淩虛以告其從事蘇軾而求文以爲記軾復于公曰物之廢興成毁不可得而知也昔者荒草野田霜露之所蒙翳狐虺之所竄伏方是時豈知有淩虛臺耶廢興成毁相尋於無窮則臺之復爲荒草野田皆不可知也嘗試與公登臺而望其東則秦穆之祈年槖泉也其

一語終而峭

南則漢武之長楊五柞而其北則隋之仁壽唐之九成也計其一時之盛宏傑詭麗堅固而不可動者豈特百倍于臺而已哉然而數世之後欲求其髣髴而破瓦頹垣無復存者旣已化爲禾黍荆棘丘墟隴畒矣而况于此臺歟夫臺猶不足恃以長久而况于人事之得喪忽往而忽來者歟而或者欲以夸世而自足則過矣葢世有足恃者而不在乎臺之存亾也旣已言于公退而爲之記

以記寓覩今作臺者悚然

鍾伯敬評　太白狂士也五字括得盡忽尋一氣字見狂者之用入尋一識字見狂者之品看得深說得透

王聖俞評　慵自修辭只借古人文字代我筆舌夏侯孝若贊真可移以狀太

李太白碑陰記

李太白狂士也又嘗失節於永王璘此豈濟世之人哉而畢文簡公以王佐期之不亦過乎曰士固有大言而無實虛名不適於用者然不可以此料天下之士士以氣為主方高力士用事公卿大夫爭事之而太白使脫靴殿上固已氣蓋天下矣使之得志必不肯附權倖以取容其肯從君於昏乎夏侯湛贊東方生云開濟明豁包含宏大陵轢卿

白也者亦惡計其出於孝若不出於子聽也千古一心正堪洒然

璘鎮江陵時脅白為府僚故其詩曰夜半水軍來迫脅上樓船辭官不受賞翻謫夜郎天

相嘲哂豪傑籠罩靡前跆籍貴勢出不休顯戚不憂戚戲萬乘若僚友視儔列如草芥雄節邁倫高氣蓋世可謂拔乎其萃遊方之外者也吾於太白亦云太白之從永王璘當由迫脅不然璘之狂肆寢陋雖庸人知其必敗也太白識郭子儀之爲人傑而不能知璘之無成此理之必不然者也吾不可以不辨

不以得為喜

茅鹿門許古來豪傑所被橫口之污衊者多

長公此一番洗刷極是

淮陰侯千古知巳

淮陰侯廟記

應龍之所以爲神者以其善變化而能屈伸也夏則天飛效其靈也冬則泥蟠避其害也當嬴氏刑慘網密毒流海内銷鋒鏑誅豪俊將軍乃辱身汙節避世用晦志在鵲起豹變食全楚之租故受饋于漂母抱王覇之略蓄英雄之壯圖志輕六合氣蓋萬夫故忍恥跨下泊乎山鬼反璧天亾秦族遇知巳之英主陳不世之奇策嶇起蜀漢席捲關輔

戰必勝攻必克掃強楚滅暴秦平齊七十城破趙二十萬乞食受辱惡足累大丈夫之功名哉然使水行未殞火流猶潛將軍則與草木同朽麋鹿俱死安能持太阿之柄雲飛龍驤起徒步而取侯王噫自古英雄之士不遇機會委身草澤名湮滅而無稱者可勝道哉乃碑而銘之曰書軌新邦英雄舊里海霧朝翻山煙暮起宅臨舊楚廟枕清淮枯松折栢廢井荒臺我停單車思人望古淮陰少年

有目無睹不如將軍用之如虎

英雄所為亦自不凡

讀之令人寒栗

遊桓山記

元豐二年正月巳亥晦春服旣成從二三子游于泗之上登桓山入石室使道士戴日祥鼓雷氏之琴操履霜之遺音曰噫嘻悲夫此宋司馬桓魋之墓也或曰鼓琴于墓禮歟曰禮也季武子之喪曾點倚其門而歌仲尼日月也而魋以爲可得而害也且死爲石椁三年不成古之愚人也余將弔其藏而其骨毛爪齒旣巳化爲飛塵蕩爲冷風矣而

况于椁乎况于從死之臣妾飯含之貝玉乎使魋而無知也余雖鼓琴而歌可也使魋而有知也聞余鼓琴而歌知哀樂之不可常物化之無日也其愚豈不少瘳乎二三子喟然而嘆乃歌曰桓山之上維石嵯峨兮司馬之惡與石不磨兮桓山之下維水瀰瀰兮司馬之藏與水皆逝兮歌闋而去從游者八人畢仲孫舒煥寇昌朝王適王遹王肄軾之子邁煥之子彥舉

詈罵之語使人感概

鍾伯敬評點
于觀物

放鶴亭記

熙寧十年秋彭城大水雲龍山人張君之草堂水及其半扉明年春水落遷於故居之東東山之麓升高而望得異境焉作亭於其上彭城之山岡嶺四合隱然如大環獨缺其西十二而山人之亭適當其缺春夏之交草木際天秋冬雪月千里一色風雨晦明之間俯仰百變山人有二鶴甚馴而善飛旦則望西山之缺而放焉縱其所如或立於陂

田或翔於雲表莫則傃東山而歸故名之曰放鶴亭郡守蘇軾時從賓客僚吏往見山人飲酒於斯亭而樂之挹山人而告之曰子知隱居之樂乎雖南面之君未可與易也易曰鳴鶴在陰其子和之詩曰鶴鳴於九臯聲聞於天蓋其爲物清遠閒放超然於塵垢之外故易詩人以比賢人君子隱德之士狎而玩之宜若有益而無損者然衛懿公好鶴則亾其國周公作酒誥衛武公作抑戒以爲荒

惑敗亂無若酒者而劉伶阮籍之徒以此全其眞而名後世嗟夫南面之君雖淸遠閒放如鶴者猶不得好好之則亡其國而山林遁世之士雖荒惑敗亂如酒者猶不能爲害而況於鶴乎由此觀之其爲樂未可以同日語也山人忻然而笑曰有是哉乃作放鶴招鶴之歌曰

鶴飛去兮西山之缺高翔而下覽兮擇所適翻然歛翼婉將集兮忽何所見矯然而復擊獨終日於

澗谷之間兮喙蒼苔而履白石鶴歸來兮東山之陰其下有人兮黄冠草履葛衣而鼓琴躬耕而食兮其餘以汝飽歸來歸來兮西山不可以久留

鄭記有許此記絶類初唐人作

蘇長公密語卷六終

季常小有俠氣因子瞻用筆隱見出沒形容遂似大俠

蘇東坡密語卷七

姑孰古繁李一公闇生甫選

三衢杜承仕邦用甫校

傳

方山子傳

方山子光黃間隱人也少時慕朱家郭解爲人閭里之俠皆宗之稍壯折節讀書欲以此馳騁當世然終不遇晚乃遯於光黃間曰岐亭庵居蔬食不

與世相聞棄車馬毀冠服徒步往來山中人莫識
也見其所著帽方屋而高曰此豈古方山冠之遺
像乎因謂之方山子余謫居于黄過岐亭適見焉
曰嗚呼此吾故人陳慥季常也何爲而在此方山
子亦矍然問余所以至此者余告之故俯而不答
仰而笑呼余宿其家環堵蕭然而妻子奴婢皆有
自得之意余旣聳然異之獨念方山子少時使酒
好劍用財如糞土前十有九年余在岐山見方山

何等悲壯

有此論兵一轉方妙

子從兩騎挾二矢游西山鵲起於前使騎逐而射之不獲方山子怒馬獨出一發得之因與余馬上論用兵及古今成敗自謂一時豪士今幾日耳精悍之色猶見於眉間而豈山中之人哉然方山子世有勳閥當得官使從事於其間今已顯聞而其家在洛陽園宅壯麗與公侯等河北有田歲得帛千疋亦足以富樂皆弃不取獨來窮山中此豈無得而然哉余聞光黄間多異人往往陽狂垢汙不

況其景趣可篤可喜

可得而見方山子儻見之與

陶石簣評　倣伯夷屈原傳亦叙事亦描寫亦議論若隱若[illegible]若見其人於楮墨外

茅鹿門評　余獨愛其煙波生色處令人涕洟

僧圓澤傳

洛師惠林寺故光祿卿李憕居第祿山陷東都憕以居守死之子源少時以貴游子豪侈善歌聞於時及憕死悲憤自誓不仕不娶不食肉居寺中五十餘年寺有僧圓澤富而知音源與之遊甚密促膝交語竟日人莫能測一日相約遊蜀青城峨眉山源欲自荊州泝峽澤欲取長安斜谷路源不可曰吾已絕世事豈可復道京師哉澤黙然久之曰

神識

行止固不由人遂自荆州路舟次南浦見婦人錦襠負甖而汲者澤望而泣曰吾不欲由此者爲是也源驚問之澤曰婦人姓王氏吾當爲之子孕三歳矣吾不來故不得乳今旣見無可逃者公當以符呪助我速生三日浴兒時願公臨我以笑爲信後十三年中秋月夜杭州天竺寺外當與公相見源悲悔而爲具沐浴易服至暮澤亾而婦乳三日往視之兒見源果笑具以語王氏出家財葬澤山

二詩嘗收入唐人集

下源遂不果行反寺中問其徒則旣有治命矣後十二年自洛適吳赴其約至約所聞葛洪川畔有牧童扣牛角而歌之曰三生石上舊精魂賞月吟風不要論慙愧情人遠相訪此身雖異性長存呼問澤公健否答曰李公眞信士然俗緣未盡愼勿相近惟勤修不墮乃復相見又歌曰身前身後事茫茫欲話因緣恐斷腸吳越山川尋已遍却回烟棹上瞿塘遂去不知所之後二年李德裕奏源忠

臣子篤孝拜諫議大夫不就竟死寺中年八十

鍾伯敬評畢竟澤公為李源忠孝至性所感以源父死節不仕絶世事不肯復道京師寧墮輪迴而不忍負源此一念便是活佛澤公有漏之因長公以無漏之文為之寫真恍見澤公于楮上

蘇長公密語目録

卷八

評史

劉凝之

劉聰

王景文

石普

勃遜之

袁宏

此正宇宙間恣豪非長公不能發

蘇長公密語卷八

評史

武王

武王克殷以殷遺民封紂子武庚祿父使其弟管叔鮮蔡叔度相祿父治殷武王崩祿父與管蔡作亂成王命周公誅之而立微子於宋蘇子曰武王

長公此文發尼父密旨掃千古殺機真佛語即菩薩不能道此

非聖人也昔孔子蓋罪湯武顧自以爲殷之子孫而周人也故不敢然數致意焉曰大哉巍巍乎堯舜也禹吾無間然其不足於湯武也亦明矣曰武盡美矣未盡善也又曰三分天下有其二以服事殷周之德其可謂至德也已矣伯夷叔齊之於武王也蓋謂之弒君至恥之不食其粟而孔子予之其罪武王也甚矣此孔氏之家法也世之君子苟自孔氏必守此法國之存亾民之死生將於是乎

子由還見故亦可破然此亦不及尼父處

王聖俞許長公原孔子之所与以見其所欲罪後書之所及以見其所不及以春秋所書趙盾者以弑武王

在其孰敢不嚴而孟軻始亂之曰吾聞武王誅獨夫紂未聞弑君也自是學者以湯武爲聖人之正若當然者皆孔氏之罪人也使當時有良史如董狐者南巢之事必以叛書牧野之事必以弑書而湯武仁人也必將爲法受惡周公作無逸曰殷王中宗及高宗及祖甲及我周文王茲四人迪哲上不及湯下不及武王亦以是哉文王之時諸侯不求而自至是以受命稱王行天子之事周之王不

久不伐紂誠然

以德以爲出之前代可攷

王不討紂之存亾也使文王在必不伐紂紂不見伐而以考終或死於亂殷人立君以事周命爲二王後以祀殷君臣之道豈不兩全也哉武王觀兵於孟津而歸紂若改過否則殷改立君武王之待殷亦若是而已矣天下無王有聖人者出而天下歸之聖人之所以不得辭也而以兵取之而放之而殺之可乎漢末大亂豪傑並起苟文若聖人之徒也以爲非曹操莫與定海內故起而佐之所以

未必然

特見

文若心事已明

與操謀者皆王者之事也文若豈教操反者哉以仁義救天下天下既平神器自至將不得已而受之不至不取也此文王之道文若之心也及操謀九錫則文若死之故吾嘗以文若爲聖人之徒者以其才似張子房而道似伯夷也殺其父封其子其子非人也則可使其子而果人也則必死之楚人將殺令尹子南子南之子棄疾爲王馭士王泣而告之既殺子南其徒曰行乎曰吾與殺吾父將

行焉入然則臣王乎曰棄父事讐吾弗恐也遂縊而死武王親以黄鉞誅紂使武庚受封而不叛豈復人也哉故武庚之必叛不待智者而後知也武王之封蓋亦有不得已焉耳殷有天下六百年賢聖之君六七作紂雖無道其故家遺民未盡滅也三分天下有其二殷不伐周而周伐之誅其君夷其社稷諸侯必有不悦者故封武庚以慰之此豈武之意哉故曰武王非聖人也

使蠋聞之又進步

顏蠋

顏蠋與齊王遊食必太牢出必乘車妻子衣服麗都蠋辭去曰玉生於山制則破焉非不寶貴也然而太璞不完士生於鄙野推選則祿焉非不尊遂也然而形神不全蠋願得歸晚食以當肉安步以當車無罪以當貴清淨貞正以自娱嗟乎戰國之士未有如魯連顏蠋之賢者也然而未聞道也晚食以當肉安步以當車是猶有意於肉於車也晚

食自美安步自適取其美與適足矣何以當肉與車爲哉雖然蠋可謂巧於居貧者也未饑而食雖八珍猶草木也使草木如八珍惟晚食爲然蠋固巧矣然非我之久于貧不能知蠋之巧也

> 長公此評不爽錙銖充國宣帝以暨同事者無不心服

趙充國

始予觀充國策先零匈奴情僞曰何其明也又觀遣雕車行羌中告諭阻辛武賢先攻罕开守便宜不出師畫屯田十二利事務以恩信積穀招降以謂此從容以義用兵與夫逞詐積謀疲人於一戰者絶殊最末觀其語將校曰諸君皆便文自營爾非爲公家忠計也語郎中曰是何言之不忠也吾固以死爭之語浩星賜曰吾老矣豈嫌伐一時事

> 一本作守

黄震評老臣數語凜然古大臣風烈

以欺明主哉老臣不以餘命爲陛下言之卒死誰當復言之手以其意白上云嗚呼使有位君子皆用其心如充國則古今天下豈有不治者哉嘗觀於內公卿士大夫之議曰法當然柰何觀於外將校之議曰詔如是不當違詔也凡在我一入一出未有止障也脫有能言一事其言不用則矜語於人曰某事吾嘗言之上不我用也我則無負終不更犯顏色往復論也況於以死守而不欺豈復有

哉而以餘命受祿位者僅有立也豈特才不及充國忠又不如可歎也夫充國之用心人臣常道爾然與充國同時在漢廷人未聞皆然而充國獨然故可重也噫今之人不及往時遠矣則充國益可重也予既觀充國而感今之人又觀宣帝與之上下議而格排羣疑用之遂無勞兵下羌寇不知其能功名亦遇主然也噫宣帝充國可重也況三代君臣間哉下其肯有欺上上其容有間然乎而觀

楊子雲贊不及此區區論功爾功古今豈無大者哉不若原其心以勵事君也班固又不出語山東氣俗故著云爾

王聖俞評後世事君者不復有此一副心腸誠然可歎其文章節奏特纏綿委曲無限情致漢名將衛老霍然以深入遠討為功惟充國深識世變一為宣帝言使天子知養威持重其用心之忠坡公特揭之為後世人臣法〇此正發叙處

雅量問瑜不敢當微有不恪處

周瑜

曹公聞周瑜年少有美才謂可游說動也乃密下揚州遣九江蔣幹往見瑜幹有儀容以才辯見稱獨步江淮之間乃布衣葛巾自托私行詣瑜瑜出迎之立謂幹曰子翼良苦遠涉江湖爲曹公作說客耶幹曰吾與足下州里中間隔别遥聞芳烈故來叙濶并觀雅規而云說客無乃逆詐矣乎瑜曰吾雖不及夔曠聞絃賞音足知雅曲後三日瑜請

四語甚雅
折倒

幹同觀營中行視倉庫軍資器仗訖還飲燕示之侍者服飾珍玩之物因謂幹曰大夫處世遇知己之主外託君臣之義內結骨肉之恩言行計從禍福共之假使蘇張更生酈叟復出猶將撫其背而折其辭豈足下小生所能移乎幹笑而不言還稱周瑜雅量高致非言辭所間中州之士以此多之

蘇子曰曹孟德所用皆爲人役者也以子房待文若然終不免殺之豈能用公瑾之流度外之士哉

鳳凰翔于千仞其下視也亦若此耳

即不焦邑不滅都亦何如

阮籍

世之所謂君子者惟法是脩惟禮是克手執圭璧足履繩墨行欲爲目前檢言欲爲無窮則少稱鄉黨長聞鄰國上欲圖三公下不失九州牧獨不見夫羣虱之處褌中乎逃乎深縫匿乎敗絮自以爲吉宅也行不敢離縫際動不敢出褌襠自以爲得繩墨也然炎丘火流焦邑滅都羣虱處於褌中不能出也君子之處域內何異夫虱之處褌中乎此

可長太息也而奚以笑爲

此上俱阮語

阮籍之胸懷本趣也籍未嘗臧否人物口不及世事然禮法之士疾之如仇讐獨賴司馬景王保持之爾其去死無幾以此論之亦虱之出入往來於衣褌中間者也安能笑褌中之藏乎吾故書之爲將來君子一笑戊寅冬至日

王聖俞評亦是愛而録之非務勝之

劉凝之沈士麟

梁史劉凝之爲人認所著履即與之此人後得所失履送還不肯復取又沈士麟亦爲鄰人認所著履士麟笑曰是卿履耶即與之鄰人得所失履送還士麟曰非卿履耶笑而受之此雖小事然處事當如士麟不當如凝之也

王聖俞評事皆近厚而意趣有別

劉聰

劉聰聞當爲須遮國王則不復懼死人之愛富貴有甚於生者月犯少微吳中高士求死不得人之好名有甚於生者

讀之令人儆悟

王景文

宋明帝詔荅王景文其略曰有心於避禍不若無心於任運千仞之木既擢於斧斤一寸之草亦悴於踐蹋晉將畢萬七戰皆獲死於牖下蜀將費禕從容坐談斃於刺客故甘心於履危未必逢禍從意於處安未必全福此言近於達者然明帝竟殺景文哀哉哀哉景文之死也詔言朕不謂卿有罪然吾不能獨死請子先之詔至景文正與客棋竟

景文亦自超然

歛子納奩中徐謂客曰有詔見賜以死酒至未飲門生焦度在側傾酒抵地曰丈夫安能坐受死州中文武可以一奮景文曰知卿至心若見念者爲我百口計乃謂客曰此酒不可相勸乃仰飲之蘇子曰死生亦大矣而景文安之豈貪權竊國者乎明帝可謂不知人者矣

聖俞評明帝忮主也而詔語大是達理之言

故東坡録之

覧此可以止殺機

石普

石普好殺人以殺爲娛未嘗知暫悔也醉中縛一奴使其指使投之汴河指使哀而縱之既醒而悔指使畏其暴不敢以寔告居久之普病見奴爲祟自以必死指使呼奴示之祟不復出普亦愈

王聖俞評可見妖由人興

勃遜之

勃遜之會議於潁或言洛人善接花歲出新枝而菊品尤多遜之曰菊當以黄爲正餘可鄙也昔叔向聞鬷蔑一言得其爲人予於遜之亦云然

居然端人

不即不離亦淺亦深

袁宏

袁宏漢紀曰浮屠佛也西域天竺國有佛道焉佛者漢言覺也將以覺悟羣生也其教也以修善慈心爲主不殺生專務清淨其精者爲沙門沙門漢言息也蓋息意去欲歸於無爲又以爲人死精神不滅隨復受形生時善惡皆有報應故貴行修善道以煉精神以至無生而得爲佛也東坡居士曰此殆中國始知有佛時語也雖淺近大略具足矣

野人得鹿正爾煮食之耳其後賣與市人遂入公庖中饌之百方然鹿之所以美未有絲毫加於煮食時也

王聖俞評世之学佛者皆務深求之千蹊百徑轉益迷悶東坡乃更淺求之以出其真味而後精深者有所依而立或問聖人之道何在曰在為善善在何處予曰在孝弟忠猶是也

蘇東坡密語卷八終

蘇長公密語目錄

大還丹訣

王元龍治大風方

求醫診脉

以意用藥

目忌點洗

荔枝龍眼

藥誦

酒經

僧文彙食名

趙貧子語

池魚躍起

蘇長公密語卷九

雜著

補龍山文

丙子重九客有言桓溫龍山之會風吹孟嘉帽落溫遣孫盛嘲之嘉作解嘲文辭超卓四坐歎服恨今世不見此文予迺戲爲

補之曰

征西天府重九令節駕言龍山燕凱羣哲壺歌雅奏緩帶輕帢胡爲中觴一笑粲發梗楠競秀榆柳獨脫驥騄交騖駑蹇先蹶楚狂醉亂隕帽莫覺戎服囚首枯顱茁髮維明將軍度量閎達容此下士顛倒冠幘宰夫揚觶兕觥舉罰請歌相鼠以侑此爵右嘲

吾聞君子蹈常履素晦明風雨不改其度平生丘

鬖散髮箕踞墜車天全顛沛何懼腰適忘帶足適忘履不知有我帽復奚數流水莫繫浮雲暫寓飄然隨風非去非取我冠明月被服寶璐不纓而結不簪而附歌詩寧擇請歌相鼠罰此陋人俾出童羖

右解嘲

聖俞評蕭然有致

微而婉奇而則

罪言

吾聞肉食之憂非藿食者所宜慮也府居之謀非巷居者所宜處也分之所不及義之所弗出也義之所弗出利之所不擇也犯義者慼維卒不自克作罪言萬夫之望萬夫所依匪才尚之而量包之丘山之恨一笑可散芥蔕之仇千河不收嗚呼寧我容汝豈汝不可神之聽之終和而同乎乘人之氣決之易耳解枝觸猜是惟難哉水激則悍其傷

淫夷矢激則遠行將安追嗚呼佐涉者湍佐鬭者呼柴不立其愚乃可以須愛心之偏其辭溢姸惡心之厚其辭溢醜惟仁人之言愛惡兩捐廣大恬愉上通于天嗚呼善言未升貧客瞰門曷以壽我公矦承之天道好還莫適後先人事喜復無常倚伏前之所是事定而渝今之所是後當焉如嗚呼禍不在先亦不在天還隱其心有萬其全疾惡過義美惡易位矯枉過直美惡同則如食宜饇饜則

爲度如酌孔取劇則荒舞嗚呼乃陰乃陽神理所
藏一弛一張人道之常

陶石簣許学韓非孫武當於秦漢間求之

李卓吾許通得

日喻

生而眇者不識日問之有目者或告之曰日之狀如銅槃扣槃而得其聲他日聞鐘以爲日也或告之曰日之光如燭捫燭而得其形他日揣籥以爲日也日之與鐘籥亦遠矣而眇者不知其異以其未嘗見而求之人也道之難見也甚於日而人之未習也無以異於眇達者告之雖有巧譬善導亦無以過於槃與燭也自槃而之鐘自燭而之籥轉

痛快

精

註擬俱活

而相之豈有既乎故世之言道者或即其所見而名之或莫之見而意之皆求道之過也然則道卒不可求歟蘇子曰道可致而不可求何謂致孫武曰善戰者致人不致於人孔子曰百工居肆以成其事君子學以致其道莫之求而自至斯以爲致也歟南方多沒人日與水居也七歲而能涉十歲而能浮十五而能沒矣夫沒者豈苟然哉必將有得於水之道者日與水居則十五而得其道生不

識水則雖壯見舟而畏之故北方之勇者問於沒人而求其所以沒以其言試之河未有不溺者也故凡不學而務求道皆北方之學沒者也昔者以聲律取士士雜學而不志於道今者以經術取士士求道而不務學渤海吳君彦律有志於學者也方求舉於禮部作日喻以告之

王聖俞評妙道不可以告人而可以告人以其不可以告人者告人是真告人此篇引而不發

可謂方便濟人者矣

陶石簣評千古談道者依附影響之習陂

長公一口打併盡

陳眉公評：未見透髓，尚在道理之間

問養生

余問養生於吳子，得二言焉，曰和，曰安。何謂和？曰：子不見天地之為寒暑乎？寒暑之極，至於折膠流金，而物不以為病，其變者微也。寒暑之變，晝與日俱逝，夜與月並馳，俯仰之間屢變，而人不知者，微之至，和之極也。使此二極者相尋而狎至，則人之死久矣。何謂安？曰：吾嘗自牢山浮海達於淮，遇大風焉，舟中之人，如附於桔槔，而與之上下，如蹈車輪而行反逆眩亂不可止而吾飲食起居如他日吾非有異術也惟莫與之爭而聽其所爲故凡病我者舉非物也食中有蛆人之見者必嘔也其不見而食者未嘗嘔也請察其所從生論八珍者必嚥言糞穢者必唾二者未嘗與我接也唾與嚥何從生哉果生於物乎果生於我乎知其生於我也則雖與之接而不變安之至也安則物之感我者輕和則我之應物者順外輕內順而生理備矣吳

子古之靜者也其觀於物也審矣是以私識其言

而時省觀焉

陶石簣評安和兩字從老氏專氣致柔來

王聖俞評使人正襟斂手而讀之者左傳也使

人手舞足蹈而讀之者莊子也東坡得莊子

意

除却凡心更求勝解猶未直認

修養帖寄子由

任性逍遥隨緣放曠但盡凡心別無勝解以我觀之凡心盡處勝解卓然但此勝解不屬有無不通言語故祖師教人到此便住如眼翳盡眼自有明醫師只有除翳藥何曾有求明藥明若可求卽還是翳固不可於翳中求明卽不可言翳外無明而世之昧者便將頽然無知認作佛地若如此是佛猫兒狗兒得飽熟睡腹搖鼻息與土木同當恁麽

時可謂無一毫思念豈謂猫狗巳入佛地故凡學者觀妄除愛自粗及細念念不忘會作一日得無所住弟所教我者是如此否因見二偈警策孔君不覺聳然更以聞之書至此墻外有悍婦與夫相毆詈聲飛灰火如猪嘶狗嘷因念他一點圓明正在猪嘶狗嘷裏面譬如江河鑒物之性長在飛沙走石之中尋常靜中推求常患不見今日鬧裏忽捉得些子元豐六年三月二十五日

李龍眠善畫而壽說者謂由煙雲供養直與此理通

大還丹訣

凡物皆有英華軼於形器之外為人所喜者皆其華也形自若也而不見可喜其華亡也作而為聲發而為光流而為味蓄而為力浮而為膏者皆其華也吾有了然常知者存乎其內而不物於物則此六華者苟與吾接必為吾所取非取之也此了然常知者與是六華者蓋嘗合而生我矣我生之初其所安在此了然常知者苟存乎中則必與是

六華者皆處於此矣其凡與吾接者又安得不赴其類而歸其根乎吾方養之以至靜守之以至虚則火自煉之水自伏之升降開闔彼自有數日月既至自變自成吾不豫知可也易曰精氣爲物遊䰟爲變傳曰用物精多則䰟魄強禮曰體魄則降志氣在上人不爲是道則了然常知者生爲志氣死爲䰟神而升於天此六華者生爲體爲精死爲魄爲鬼而降於地其知是道者䰟魄合形氣一共

至者至騎箕尾而爲列星敬之信之密之行之守
之終之元祐三年九月二十八日書

王聖俞評精華迸溢焜焜煌煌如百千日淮南
子得意文字畧可擬之

一四八

天刑之安可辭〻其天殺亦又君說

得此切證

王元龍治大風方

王游元龍言錢子飛有治大風方極驗常以施人一日夢人自云天使巳以此病人君違天怒若施不巳君當得此病藥不能愈子飛懼遂不施僕以爲天之所病不可療耶則藥不應服有効藥有効者則是天不能病當是病之祟畏是藥而假天以禁人耳晉矦之病爲二竪子李子豫赤丸亦先見於夢葢有或使之者子飛不察爲鬼所脅若余則

不然苟病者得愈願代受其苦家有一方能下腹中穢惡在黄州試之病良已今後當常以施人

王聖俞評可謂信道不惑者矣

至聖俞許開心見誠用人便是大英雄事

求醫診脉

脉之難明古今所病也至虛有實候而太實有羸狀差之毫釐疑似之間便有死生禍福此古今所病也病不可不謁醫而醫之明脉者天下葢一二數騏驥不時有天下未嘗徒行和扁不世出病者終不徒死亦因其長而護其短耳士大夫多秘所患而求診以驗醫之能否使索病於溟漠之中辨虛實冷熱於疑似之間醫不幸而失終不肯自謂

曲透人情

失也則巧飾遂非以全其名至於不救則曰是固難治也間有謹愿者雖或因主人之言亦復參以所見兩存而雜治以故藥不效此世之通患而莫之悟也吾平生求醫蓋於平時默驗其工拙至於有疾而求療必先盡告以所患而後求診使醫者了然知患之所在也然後求之診虛實冷熱先定於中則脉之疑似不能惑也故雖中醫治吾疾常愈吾求疾愈而已豈以困醫爲事哉

荀卿所謂辯察之士

以意用藥

歐陽文忠公嘗言有患疾者醫問其得疾之由曰乘船遇風驚而得之醫取多年柂牙爲柂工手汗所漬處刮末雜丹砂伏神之流飲之而愈今本草注別藥性論云止汗用麻黃根節及故竹扇爲末服之文忠因言醫以意用藥多此比初似兒戲然或有驗殆未易致詰也予因謂公以筆墨燒灰飲學者當治昏惰耶推此而廣之則飲伯夷之盥水

可以療貪食比干之餕餘可以已佞舐樊噲之盾可以治怯臭西子之珥可以療惡疾矣公遂大笑

元祐三年閏八月十七日舟行入潁州界坐念二十年前見文忠公於此偶記一時談笑之語聊復識之

王聖俞評自病自知自藥自療不足以意用也

言雖小可以喻大

目忌點洗

前日與歐陽叔弼晁無咎張文潛同在戒壇余病目昏數以熱水洗之潛云目忌點洗目有病當存之齒有病當勞之不可同也治目當如治民治齒當如治軍治民當如曹參之治齊治軍當如商鞅之治秦此頗有理退而記之

王聖俞評 名言

荔枝龍眼

閩越人高荔子而下龍眼吾爲評之荔子如食蝤蛑大蟹斫雪流膏一啖可飽龍眼如食彭越石蟹嚼嚙久之了無所得然酒闌口爽饜飽之餘則咂啄之味石蟹有時勝蝤蛑也戲書此紙爲飲流一笑

王聖俞評無往不韻

殊言至理

藥誦

稽中散作幽憤詩知不免矣而卒章乃曰采薇山阿散髮巖岫永嘯長吟頤性養壽者悼此志之不遂也司馬景王既殺中散而悔使悔於未殺之前中散得免於死者吾知其掃迹滅景於人間如脫兔之投林也采薇散髮豈其所難哉孫眞人著大風惡疾論曰神仙傳有數十人皆因惡疾而得仙道何者割棄塵累懷潁陽之風所以因禍而取福

鍾伯敬評：佛家以煩惱得菩提，亦此意。

妙甚。

也。吾始得罪遷嶺表，不自意全，既逾年無後命，知不死矣。然舊苦痔，至是大作，呻呼幾百日。地無醫藥，有亦不效。道士教吾去滋味，絶薰血，以清淨勝之。痔有蟲，館於吾後，滋味薰血，既以自養，亦以養蟲。自今日以往，旦夕食淡麪四兩，猶復念食，則以胡麻、茯苓䴵足之。飲食之外，不啖一物。主人枯槁，則客自棄去。尚恐習性易流，故取中散、真人之言，對病爲藥，使人誦之。日三日，東坡居士汝忘逾年

理事無礙奇氣横溢

之憂百日之苦乎使汝不幸而有中散之禍伯牛之疾雖欲采薇散髮豈可得哉今食麻麥茯苓多矣居士則歌以荅之曰事無事之事百事治兮味無味之味五味備兮茯苓麻麥有時而匱兮有則食無則已者與我無旣兮嗚呼噫嘻館客不終以是爲愧兮

王聖諭評不避粗俗轉更精研

一六〇

醉翁亭記與此經皆以也字爲絶今此經每一也字必押韻暗寓賦体而讀之者不覺其激昂渊妙非世間筆墨所能形容

酒經

南方之民以糯與秔雜以卉藥而爲餅嗅之香嚼之辣揣之枵然而輕此餅之良者也吾始取麪而起酡之和之以薑液烝之使十裂繩穿而風戾之愈久而益悍此麴之精者也米五斗以爲率而五分之爲三斗者一爲五升者四三斗者以釀五升者以投三投而止尚有五升之贏也始釀以四兩之餅而每投以二兩之麪皆澤以少水取足以散

解而匀停也釀者必壅按而井泓之三日而井溢
此吾酒之萌也酒之始萌也甚烈而微苦蓋三投
而後平也凡餅烈而麴和投者必屢嘗而增損之
以舌爲權衡也既溢之三日乃投九日三投通十
有五日而後定也既定乃注以斗水凡水必熟而
冷者也凡釀與投必寒之而後下此炎州之令也
既水五日乃篘得二斗有半此吾酒之正也先篘
半日取所謂贏者爲粥米一而水三之揉以餅麴

寄趣悠遠

凡四兩二物并也投之糟中熟擱而再釀之五日壓得斗有半此吾酒之少勁者也勁正合爲四斗又五日而飲則和而力嚴而不猛也蒭絶不旋踵而粥投之少留則糟枯中風而酒病也釀久者酒醇而豐速者反是故吾酒三十日而成也

鍾伯敬評只如今人寫食物方才入手便成

妙文叙法全用考工記

此文如太牢八珍咀嚼不嫌于致力則真味

愈雋永然未易爲俊快者言也

生漾論

怪石供

禹貢青州有鈆松怪石解者曰怪石石似玉者今齊安江上往往得美石與玉無辨多紅黄白色其文如人指上螺精明可愛雖巧者以意繪畫有不能及豈古所謂怪石者耶凡物之醜好生於相形吾未知其果安在也使世間石皆若此則今之凡石復爲怪矣海外有形語之國口不能言而相喻以形其以形語也捷於口使吾爲之不已難乎故

玲嶲妙絶

夫天機之動忽焉而成而人眞以爲巧也雖然自禹以來怪之矣齊安小兒浴於江時有得之者戲以餅餌易之旣乆得二百九十有八枚大者兼寸小者如棗栗菱芡其一如虎豹首有口鼻眼處以爲羣石之長又得古銅盆一枚以盛石挹水注之粲然而廬山歸宗佛印禪師適有使至遂以爲供禪師嘗以道眼觀一切世間混淪空洞了無一物雖夜光尺璧與瓦礫等而况此石雖然願受此供

遠況

灌以墨池水強爲一笑使自今以往山僧野人欲供禪師而力不能辦衣服飲食卧具者皆得以淨水注石爲供蓋自蘇子瞻始時元豐五年五月黄州東坡雪堂書

王聖俞評議論勝自是宋文而指趣則清雅

陶石簣評戲笑說法怪石亦應點頭

一六八

後怪石供

蘇子既以怪石供佛印，佛印以其言刻諸石。蘇子聞而笑曰：是安所從來哉？子以餅易諸小兒者也，以可食易無用，子既足笑矣，彼又從而刻之。今以餅供佛印，佛印必不刻也。石與餅何異？參寥子曰：然。供者幻也，受者亦幻也，刻其言者亦幻也。夫幻何適而不可？舉手而示蘇子曰：拱此而揖人，人莫不善；戟此而詈人，人莫不怒。同是手也，而喜怒異

世未有非之者也子誠知拱戟之皆幻則喜雖存而根亾刻與不刻無不可者蘇子大笑曰子欲之耶乃亦以供之凡二百五十并二石槃云

佶處指實

王聖俞評因借參寥故再作此文却借僻印刻石起本又假設參寥之言引入純用虛機須是覷破

天聖命仵
余雖不解琴
知是解人語

聲出兩池間
韻甚妙甚

家藏雷琴

余家有琴其面皆作蛇腹紋其上池銘云開元十年造雅州靈開材其下池銘云雷家記八日合不曉其八日合爲何等語也其嶽不容指而絃不敿此最琴之妙而雷琴獨然求其法不可得乃破其所藏雷琴求之琴聲出於兩池間其背微隆若薤葉然聲欲出而隘裴回不去乃有餘韻此最不傳之妙

絲中木声須
察之

琴賢桐孫

凡木本實而末虛惟桐反之試取小枝削皆堅實如蠟而其本皆中虛空故世所以貴孫枝者貴其實也實故絲中有木聲

王聖俞許習故諳諳故言而未

辨法帖

辨書之難正如聽響切脉知其美惡則可自謂必能正名之者皆過也今官本十卷法帖中真偽相雜至多逸少部中有出宿餞行一帖乃張說文又有不具釋智永白者亦在逸少部中此最疎謬余嘗於秘閣觀墨跡皆唐人硬黄上臨本惟鵝羣一帖似是獻之真筆後又於李瑋都尉家見謝尚王衍等數人書超然絶俗考其印記王涯家本其他

但得唐人臨本皆可蓄

陳眉公評世人但得臨摹本便獲至寶真贋誰辨

異人有無

自省事以來聞世所謂道人有延年之術如趙抱一徐登張無夢皆近百歲然竟死與常人無異及來黄州聞浮光有朱元經尤異公卿尊師之甚衆然卒亦病死死時中風搐搦但實能黄白有餘藥藥金皆入官不知世果無異人耶抑有人而不見此等舉非耶不知古所記異人虚實無乃與此等不大相過而好事者緣飾之耶

王聖俞評無限波致亦復當心也

誦經帖

東坡食肉誦經或云不淨坡取水漱口或云一碗水如何漱得坡云漸愧闍黎會得

王聖俞評無淨三昧

卓契順禪話

蘇臺定惠院淨人卓契順不遠數千里陟嶺渡海候無恙於東坡東坡問將甚麽土物來順展兩手坡云可惜許數千里空手來順作荷擔勢信步而去

亞聖俞評高僧

僧文彙食名

僧謂酒爲般若湯謂魚爲水梭花雞爲鑽籬菜竟無所益但欺而已世常笑之人有爲不義而文之以美名者埶此何異哉

懺悟語

趙貧子語

趙貧子謂人曰子神不全其人不服曰吾上僚友萬乘螻蟻三軍糠粃富貴而晝夜生死何謂神不全乎貧子笑曰是血氣所扶名義所激非神之功也明日問其人曰子父母在乎曰亾久矣嘗夢見乎曰多矣夢中知其亾乎抑以爲存也曰皆有之貧子曰父母之存亾不待計議而知者也晝日問子則不思而對夜夢見之則以亾爲存死生之於夢

覺有間矣物之眩子而難知者甚於父母之存亾子自以神全而不學可憂也哉予嘗與其語故錄之

王聖俞評大是警醒

池魚踊起

眉州人任達爲余言少時見人家畜數百魚深池中沿池磚甃四周皆屋舍環遶方丈間凡三十餘年日加長一日天清無雷池中忽發大聲如風雨魚皆踊起羊角而上不知所往達云舊説不以神守則爲蛟龍所取此殆是爾余以爲蛟龍必因風雨疑此魚圈局三十餘年日有騰拔之念精神不衰久而自達理自然爾

善格物

蘇東坡密語卷九終

蘇長公密語目錄

卷十

論說

玄宗秘旨直
發無遺

蘇長公密語卷十

姑孰古繁李一公闇生甫選
三衢杜承仕邦用甫校

論說

龍虎鉛汞論

人之所以生死未有不自坎離者坎離交則生分則死必然之道也離爲心坎爲腎心之所然未有不正雖桀跖亦然其所以爲桀跖者以內輕而外

重故常行其所不然者爾腎強而溢則有欲念雖堯顔亦然其所以爲堯顔者以内重而外輕故常行其所然者爾由是觀之心之性法而正腎之性淫而邪水火之懸固如是也子産曰火烈人望而畏之水弱人狎而玩之夫人未有不知此者也龍木者也精也血也出于腎而肝藏之坎之物也虎火者也鉛也氣也力也出于心而肺主之離之物也心動則氣隨之而作腎動則精血隨之而流如

火之有煙熖未有復反于薪者也世之不學道者其龍常出于水故龍飛而精輕其虎常出于火故虎走而鉛枯此生人之常理也順此者死逆此者仙故真人之言曰順行則爲人逆行則爲道又曰五行顛倒術龍從火裏出五行不順行虎向水中生有隱者教余曰人能正坐瞑目調息握固心定息微則徐閉之雖無所念而卓然精明毅然剛烈如火之不可犯息極則少通之復則微閉之爲之

推數以多爲賢以久爲功不過十月則丹田濕而水上行愈久愈濕幾至如烹上行之水蓊然如雲蒸于泥丸葢離者麗也著物而見火之性也吾目引于色耳引于聲口引于味鼻引于香火輙隨而麗之今吾寂然無所引于外火無所麗則將安往水者其所妃也勢必從之坎者陷也物至則受水之性也而況其配乎水火合則火不炎而水自上則所謂龍從火裏出也龍出於火則龍不飛而汞

不乾旬日之外胸滿而腰足輕方閉息時常卷舌而上以舐懸癰雖不能到而意到焉久則能也如是不已則汞下入口方調息時則漱而烹之滿口而後嚥之以氣送至丹田常以意養之久則化而爲鉛此所謂虎向水中生也此論奇而通妙而簡決爲可信者然吾有大患平生發此志願百十回矣皆謬悠無成意此道非捐軀以赴之刳心以受之盡命以守之不能成也吾今年已六十名位破

敗兄弟隔絶父子離散身居蠻夷北歸無日區區
世味亦可知矣若復謬悠于此眞不如人矣故數
日來別發誓願譬如古人避難窮山或使絶域齧
草啗雪彼何人哉巳令造一禪榻兩大案明窻之
下日專欲治此并巳作乾蒸餅百枚自二月一日
爲首盡絶人事饑則食此餅不飲湯水不啗他物
細嚼以致津液或飲少酒而巳午後略睡一更卧
三更乃起坐以達旦有日采日有月采月餘時非

數息煉陽則行今所論龍虎訣爾如此百日或有所成不讀書不著文且一時束起以待異日不遊山水除見道人外不接客不會飲皆無益也深恐異流之性不能終踐此言故先作書以報庶幾他日有懸于弟而不敢變也此事大難不知其果能不慙否此書既以自堅又欲以及弟也卷舌以砥懸癱近得此法初甚秘惜云此禪家所得向上一路千金不傳人之所見如此雖可笑然極有驗也

但行之數日間舌下筋微急痛當以漸馴致若舌尖果能及懸雍則致華池之水莫捷于此也又言此法名紅爐上一點雪宜自秘之

真是紅爐一點雪宜勤脩之

了了于心亦復了了口玄門子不更着說矣

續養生論

鄭子產曰火烈人望而畏之水弱人狎而玩之翼奉論六情十二律其論水火也曰北方之情好也好行貪狠南方之情惡也惡行廉貞廉貞故爲君子貪狠故爲小人予參二人之學而爲之說曰火烈而水弱烈生正弱生邪火爲心水爲腎故五臟之性心正而腎邪腎無不邪者雖上智之腎亦邪然上智常不淫者心之官正而腎聽命也心無不

正者雖下愚之心亦正然下愚常淫者心不官而
腎為政也知此則知鉛汞龍虎之說矣何謂鉛凡
氣之謂鉛或趨或蹶或呼或吸或執或擊凡動者
皆鉛也肺實出納之肺為金為白虎故曰鉛又曰
虎何謂汞凡水之謂汞唾涕膿血精汗便利凡濕
者皆汞也肝實宿藏之肝為木為青龍故曰汞又
曰龍古之真人論内丹者曰五行顛倒術龍從火
裏出五行不順行虎向水中生世未有知其說者

也方五行之順行也則龍出於水虎出於火皆死之道也心不官而腎爲政聲色外誘邪淫内發壬癸之英下流爲人或爲腐壞是汞龍之出於水者也喜怒哀樂皆出於心者也喜則攫拏隨之怒則毆擊隨之哀則擗踊隨之樂則抃舞隨之心動于内而氣應于外是鉛虎之出于火者也汞龍之出于水鉛虎之出于火有能出而復返者乎故曰皆死之道也眞人教之以逆行曰龍當使從火出虎

長公屢發此旨蓋亦其得手處

當使從水生也其說若何孔子曰思無邪凡有思皆邪也而無思則土木也孰能使有思而非邪無思而非土木乎蓋必有無思之思焉夫無思之思端正莊栗如臨君師未嘗一念放逸然卒無所思如龜毛兔角非作故無本性無故是之謂戒戒生定定則出入息自住出入息住則心火不復炎上火在易爲離離麗也必有所麗未嘗獨立而水其妃也旣不炎上則從其妃矣水火合則壬癸之英

五行四大合參

上流于腦而溢于玄膺若鼻液而不鹹非腎出故也此汞龍之自火出者也長生之藥内丹之萌無過此者矣陰陽之始交天一爲水凡人之始造形皆水也故五行一曰水得暖氣而後生故二曰火生而後有骨故三曰木骨生而日堅凡物之堅壯者皆金氣也故四曰金骨堅而後肉生焉土爲肉故五曰土人之在母也母呼亦呼母吸亦吸口鼻皆閉而以臍達故臍者生之根也汞龍之出于火

流于腦溢于玄膺必歸于根心火不炎上必從其妃是火常在根也故壬癸之英得火而日堅達于四支浹于肌膚而日壯其究極則金剛之體也此鉛虎之自水生者也龍虎生而内丹成矣故曰順行則爲人逆行則爲道道則未也亦可謂長生不死之術矣

陶石簣評讀書人修養法無如此便○心性腎性二語萬卷丹經未曾道破

鍾伯敬評 公道之文

長公自道論事迂闊而不

稼說

曷嘗觀於富人之稼乎其田美而多其食足而有餘其田美而多則可以更休而地力得完其食足而有餘則種之常不後時而斂之常及其熟故富人之稼常美少秕而多實久藏而不腐今吾十口之家而共百畝之田寸寸而取之日夜以望之鋤耰銍艾相尋於其上者如魚鱗而地力竭矣種之常不及時而斂之常不待其熟此豈能復有美稼

哉古之人其才非有以大過今之人也其平居所以自養而不敢輕用以待其成者閔閔焉如嬰兒之望長也弱者養之以至於剛虛者養之以至於充三十而後仕五十而後爵信於久屈之中而用於至足之後流於既溢之餘而發於持滿之末此古之人所以大過人而今之君子所以不及也吾少也有志於學不幸而早得與吾子同年吾子之得亦不可謂不早也吾今雖欲自以爲不足而衆

不取處

且安推之矣嗚呼吾子其去此而務學也哉博觀而約取厚積而薄發吾告子止於此矣子歸過京師而問焉有曰轍子由者吾弟也其亦以是語之

千古聖学一盤托出

鍾伯敬評：讀書深澁世久，見事多人理熟，境到意到，觸手成文。相形處妙有情理。

剛説

孔子曰剛毅木訥近仁又曰巧言令色鮮矣仁所好夫剛者非好其剛也好其仁也所惡夫佞者非惡其佞也惡其不仁也吾平生多難常以身試之凡免我于厄者皆平日可畏人也擠我於嶮者皆異時可喜人也吾是以知剛者之必仁佞者之必不仁也建中靖國之初吾歸自海南見故人問存沒追論平生所見剛者或不幸死矣若孫君介夫

諱立節者眞可謂剛者也始吾弟子由爲條例司屬官以議不合引去王荆公謂君曰吾條例司當得開敏如子者君笑曰公過矣當求勝我者若我輩人則亦不肯爲條例司矣公不答徑起入戶君亦趨出君爲鎭江軍書記吾時通守錢塘往來常潤間見君京口方新法之初監司皆新進少年馭吏如束濕不復以禮遇士大夫而獨敬憚君曰是抗丞相不肯爲條例司者謝麟經制溪洞事宜州

守王奇與蠻戰死君爲桂州節度判官被旨鞫吏士有罪者麟因收大小使臣十二人付君并按且盡斬之君持不可麟以語侵君君曰獄當論情吏當守法逗撓不進諸將罪也既伏其辜矣餘人可盡戮乎若必欲以非法斬人則經制司自爲之我何與爲麟奏君抗拒君亦奏麟侵獄事刑部定如君言十二人皆不死或以遷官吾是以益知剛者之必仁也不仁而能以一言活十二人于必死乎

方孔子時可謂多君子而曰未見剛者以明其難得如此而世方曰大剛則折士患不剛耳長養成就猶恐不足當憂其太剛而懼之以折耶折不折天也非剛之罪爲此論者鄙夫患失者也君平生可紀者甚多獨書此二事遺其子㮦勵明剛者之必仁以信孔子說

蘇長公密語卷十終

昔嘗謂法吏不豫須不然行其平恕即此意

透甚透甚

居又思剛之意得此發覆

蘇長公密語目錄

卷十一

尺牘　啓

又

又

答畢仲舉

與謝民師推官

荅劉沔都曹

與魯直

與李公擇

又

與蔡景繁
又
與王元直
又
與徐得之
與毛維瞻
荅賈耘老
又

謝制科啓

陳眉公評新詞巧意齊嘗迭出

蘇東坡密語卷十一

尺牘

答范蜀公

承别紙示諭麴蘗有毒平地生出醉鄉土偶作祟眼前妄見佛國公欲哀而救之間所以救者小子何人固不敢不對公方立仁義以爲城池操詩書

以爲干楯則舟中之人盡爲敵國雖公盛德小子亦未知勝負所在願公宴坐靜室常作是念當觀彼能惑之性安所從生又觀公欲救之心作何形段此猶不立彼復何依雖黄面瞿曇亦須斂衽而況學之者耶聊復信筆以發公千里一笑而已

王聖俞評：此朱子所譏抱薪救火

直心深心大心具見楮端

寒温語亦自委曲而勁

答李端叔

軾頓首再拜聞足下名久矣又於相識處𨖚𨖚見所作詩文雖不多亦足以髣髴其爲人矣尋常不通書問怠慢之罪猶可闊略及足下斬然在疚亦不能以一字奉慰舍弟子由至先蒙惠書又復懶不即答頑鈍廢禮一至於此而足下終不棄絶遞中再辱手書待遇益隆覽之面熱汗下也足下才高識明不應輕許與人得非用黄魯直秦太虚輩

圓法

陶石簣評云：方少年時一段是實話，人却不肯說。

語眞以爲然耶不肖爲人所憎而二子獨喜見譽如人嗜昌歜羊棗未易詰其所以然者以二子爲妄則不可遂欲以移之衆口又大不可也軾少年時讀書作文專爲應舉而已既及進士第貪得不已又舉制策其實何所有而其科號爲直言極諫故每紛然誦說古今考論是非以應其名耳人苦不自知旣以此得因以爲實能之故譊譊至今坐此得罪幾死所謂齊虜以口舌得官眞可笑也然

杜德機妙甚
妙甚
陳眉公評慕
寫情事令人
墮淚
奇絶

世人遂以軾爲欲立異同則過矣妄論利害攙說得失此正制科人習氣譬之候蟲時鳥自鳴自已何足爲損益軾每怪時人待軾過重而足下又復稱說如此愈非其實得罪以來深自閉塞扁舟草履放浪山水間與樵漁雜處往往爲醉人所推罵輒自喜漸不爲人識平生親友無一字見及有書與之亦不荅自幸庶幾免矣足下又復創相推與甚非所望木有癭石有暈犀有通以取妍於人皆

物之病也適居無事黙自觀省回視三十年以來所謂多其病者足下所見皆故我非今我也無乃聞其聲不考其情取其華而遺其實乎抑將又有取於此也此事非相見不能盡自得罪後不敢作文字此書雖非文然信筆書意不覺累幅亦不須示人必喻此意歲行盡寒苦惟萬萬節哀強食不次

王聖俞評情深筆老反覆有餘味此坡公之最有韻者矣以在得罪後故耶

王聖俞評跡
李有鴻彰

荅秦太虛

軾啓五月末舍弟來得手書勞問甚厚日欲裁謝因循至今遞中復辱教感愧益甚比日履茲初寒起居何如軾寓居粗遣但舍弟初到筠州即喪一女而軾亦喪一老乳母悼念未衰又得鄉信堂兄中舍九月中逝去異鄉衰病觸目悽感念人命脆弱如此又承見喻中間得病不輕且喜復健吾儕漸衰不可復作少年調度當速用道書方士之言

養鍊二字妙

簡要二字更妙

名言

厚自養鍊謫居無事頗窺其一二已借得本州大慶觀道堂三間冬至後當入此室四十九日迺出自非廢放安得就此太虛他日一爲仕宦所縻欲求四十九日閑豈可復得耶當及今爲之但擇平時所謂簡要易行者日夜爲之寢食之外不治他事得滿此期根本立矣此後縱復出從人事事已則心返自不能廢矣此書到日恐已不及然亦不須用冬至也寄于詩文皆超然勝絶亹亹焉來逼

人矣如我輩亦不勞逼也太虛未免求祿仕方應舉求之應舉不可必竊爲君謀宜多著書如所示論兵及盜賊等數篇但似此得數十首皆卓然有可用之實者不須及時事也但旋作此書亦不可廢應舉此書若成聊復相示當有知君者想喻此意也公擇近過此相聚數日說太虛不離口莘老未嘗得書知未暇通問程公闢須其子履中哀詞軾本自求作今豈可食言但得罪以來不復作文

字自持頗嚴若復一作則决壞藩墻今後仍復袞袞多言矣初到黄廪入既絶人口不少私甚憂之但痛自節儉日用不得過百五十毎月朔便取四千五百錢斷爲三十塊掛屋梁上平旦用畫叉挑取一塊即藏去叉仍以大竹筒別貯用不盡者以待賓客此賈耘老法也度囊中尚可支一歲有餘至時別作經畫水到渠成不須豫慮以此胸中都無一事所居對岸武昌山水佳絶有蜀人王生在

邑中往往爲風濤所隔不能即歸則王生能爲殺鷄炊黍至數日不厭又有潘生者作酒店樊口棹小舟徑至店下村酒亦自醇釅柑橘椑柹極多大芋長尺餘不減蜀中外縣米斗二十有水路可致羊肉如北方猪牛麞鹿如土魚蟹不論錢岐亭監酒胡定之載書萬卷隨行喜借人看黄州曹官數人皆家善庖饌喜作會太虛視此數事吾事豈不既濟矣乎欲與太虛言者無窮但紙盡耳展讀至

此想見掀髯一笑也子駿固吾所畏其子亦可喜
曾與相見否此中有黄岡少府張舜臣者其兄堯
臣皆云與太虚相熟兒子每蒙批問適會葬老乳
母今勾當作墳未暇拜書歲晚苦寒惟萬萬自重
李端叔一書託爲達之夜中微被酒書不成字不
罪不宣軾再拜

陶石簣評目前之趣意中之事俗人不能
知知人多不能言言人多不能寫坡翁能
知能言能寫真人情也

與龐安常

端居靜念思五臟皆止一而腎獨二蓋萬物之所終始生之所出死之所入故也太玄罔直蒙酋冥罔爲冬直爲春蒙爲夏酋爲秋冥復爲冬則此理也人之四肢九竅凡兩者皆水屬也兩腎兩足兩外腎兩手兩目兩鼻孔皆水之升降出入也手足兩腎舊說固與腎相表裏而鼻與目皆古未之言也豈亦有之而僕觀書少不見耶以理推之此兩

者其液皆鹹非水而何僕以爲不得此理則內丹
不成此又未易以筆墨寃也古人作明目方皆先
養腎水而以心火暖之以脾土固之脾氣盛則水
不下泄心氣下則水上行水不下泄而上行目安
得不明哉孫思邈用磁石爲主而以朱砂神麯佐
之豈此理也夫夫安常博極羣書而善窮物理當爲
僕思之是否一報某書

王聖俞評善求理者隨處叅入

陶石簣評燒不着處一語可味

理至之言

與滕達道

示喻宜甫夢遇於傳無有某聞見不廣何足以質然冷暖自知殆未可以前人之有無爲證也自聞此事而士大夫多異論意謂中途必一見得相參扣竟不果此意衆生流浪火宅纏遶愛賊故爲饑火所燒然其間自有燒不着處一念清淨便不服食亦理之常無足怪者方其不食不可強使食猶其方食不可強使之不食也此間何必生異論乎

願公以食不食爲旦暮以仕不仕爲寒暑此外默而識之若以不食爲勝解則與異論者相去無幾矣偶蒙下問輒此奉廣而巳不罪不罪

王聖俞評東坡意見逸出時乃襲奪禪家上乘但是襲得厚

又

某閑廢無所用心專治經書一二年間欲了却論語書易舍弟亦了却春秋詩雖拙學自謂頗正古今之謬粗有益於世瞑目無憾往往又笑不會取快活是措大餘業聞令子手筆甚高見其寫字想見其人超然者也

王聖俞评似是我輩人

又

某好携具野飲欲問公求紅朱累子兩桌二十四隔者極爲左右費然遂成藉草之樂爲不淺也有便望須示悚息悚息某感時氣卧疾逾月今已全安但幼累更卧尚紛紛也措道人名世昌縣竹人多藝然可閑考驗亦足以遣懣也留此幾一年與之稍熟恐要知之

王聖俞評于尔中却更得風味

答畢仲舉

軾啓奉別忽十餘年愚瞽頓仆不復自比於朋友不謂故人尚爾記錄遠枉手教存問甚厚且審比來起居佳勝感慰不可言羅山素號善地不應有瘴癘豈歲時適爾既無所失亾而有得於齊寵辱忘得喪者是天相子也僕既以任意直前不用長者所教以觸罪罟然禍福要不可推避初不論巧拙也黄州濵江帶山既適耳目之好而生事百須

亦不難致早寢晚起又不知所謂禍福果安在哉偶讀戰國策見處士顏蠋之語晚食以當肉欣然而笑若蠋者可謂巧於居貧者也菜羹菽黍差饑而食其味與八珍等而旣飽之餘芻豢滿前惟恐其不持去也美惡在我何與於物所云讀佛書及合藥救人二事以爲閑居之賜甚厚佛書舊亦嘗看但闇塞不能通其妙獨時取其麄淺假說以自洗濯若農夫之去草旋去旋生雖若無益然終愈

極平處亦見極奇處

於不去也若世之君子所謂超然玄悟者僕不識也往時陳述古好論禪自以爲至矣而鄙僕所言爲淺陋僕嘗語述古公之所談譬之飲食龍肉也而僕之所學豬肉也豬之與龍則有間矣然公終日說龍肉不如僕之食豬肉實美而眞飽也不知君所得於佛書者果何耶爲出生死超三乘遂作佛乎抑尚與僕輩俯仰也學佛老者本期於靜而達靜似懶達似放學者或未至其所期而先得其

所似不爲無害僕常以此自疑故亦以爲獻來書云處世得安穩無病麄衣飽飯不造冤業乃爲至足三復斯言感嘆無窮世人所作舉足動念無非是業不必刑殺無罪取非其有然後爲冤業也無緣面論以當一笑而已

極痛快

名言

响 石簣許近世士大夫学佛榜樣○晚食一語受用不盡

鍾伯敬評多無可柰何之語反得真實受用處

兩善讀書善涉世也

與謝民師推官

軾啓近奉違亟辱問訊具審起居佳勝感慰深矣軾受性剛簡學迂材下坐廢累年不敢復齒縉紳自還海北見平生親舊惘然如隔世人况與左右無一日之雅而敢求交乎數賜見臨傾蓋如故幸甚過望不可言也所示書教及詩賦雜文觀之熟矣大約如行雲流水初無定質但常行於所當行常止於不可不止文理自然恣態橫生孔子曰言

鍾伯敬評此句不可不細看

李卓吾評实際之語

陳眉公評讜論兩人真是不朽千古

之不文行之不遠又曰辭達而已矣夫言止於達意疑若不文是大不然求物之妙如繫風捕影能使是物了然於心者蓋千萬人而不一遇也而况能使了然於口與手者乎是之謂辭達辭至於能達則文不可勝用矣揚雄好爲艱深之詞以文淺易之說若正言之則人人知之矣此正所謂雕蟲篆刻者其太玄法言皆是類也而獨悔於賦何哉終身雕蟲而獨變其音節便謂之經可乎屈原作

攻○擊○中○病

賈誼賦實不及相如

離騷經葢風雅之再變者雖與日月爭光可也可以其似賦而謂之雕蟲乎使賈誼見孔子升堂有餘矣而迺以賦鄙之至與司馬相如同科雄之陋如此比者甚衆可與知者道難與俗人言也因論文偶及之耳歐陽文忠公言文章如精金美玉市有定價非人所能以口舌定貴賤也紛紛多言豈能有益於左右愧怍不已所須惠力法雨堂字軾本不善作大字強作終不佳又舟中局迫難寫未

能如教然軾方過臨江當往遊焉或僧有所欲寄
錄當作數句留院中慰左右念親之意今日已至
峽山寺少留即去愈遠惟萬萬以時自愛不宣

王聖俞評東坡論文的〻〻如此

陶石簣評坡公自評其文

答劉沔都曹

軾頓首都曹劉君足下蒙示書教及編録拙詩文二十卷軾平生以言語文字見知於世亦以此取疾於人得失相補不如不作之安也以此常欲焚棄筆硯爲瘖默人而習氣宿業未能盡去亦謂隨手雲散鳥没矣不知足下默隨其後掇拾編綴畧無遺者覽之慙汗可爲多言之戒然世之蓄軾詩文者多矣率眞僞相半又多爲俗子所改竄讀之

李卓吾許是
地超卓

使人不平然亦不足怪識眞者少葢從古所病梁

蕭統集文選世以爲工以軾觀之拙於文而陋於

識者莫統若也宋玉賦高唐神女其初畧陳所夢

之因如子虛亾是公相與問荅皆賦矣而統謂之

叙此與兒童之見何異李陵蘇武贈別長安而詩

有江漢之語及陵與武書詞句儇淺正齊梁間小

兒所擬作决非西漢文而統不悟劉子玄獨知之

范曄作蔡琰傳載其二詩亦非是董卓已死琰乃

快論

王聖俞評
余讀蔡琰詩氣骨凌兢是漢人作但不爲漢之佳篇耳

流落方卓之亂伯喈尚無恙也而其詩廼云以卓亂故流入於胡此豈真琰語哉其筆勢乃效建安七子者非東漢詩也李太白韓退之白樂天詩文皆爲庸俗所亂可爲太息今足下所示二十卷無一篇僞者又少謬誤及所示書辭清婉雅奥有作者風氣知足下致力於斯文久矣軾窮困本坐文字蓋願刳形去皮而不可得者然幼子過文益奇在海外孤寂無聊過時出一篇見娛則爲數日喜

寢食有味以此知文章如金玉珠貝未易鄙棄也見足下詞學如此又喜吾同年兄龍圖公之有後也故勉作報書匆匆不宣

聖俞評刳形去皮用莊子全句余見舊本如此改作智字大減氣骨東坡所惡於俗子改竄

餘溢爲奇蓋非可以意作也此文家三昧

與魯直

晁君寄騷細看甚奇信其家多異材耶然有少意欲魯直以已意微箴之凡人文字務使平和至足餘溢爲奇怪蓋出於不得已爾晁文奇怪似差早然不可直云耳非謂其諱也恐傷其邁往之氣當爲朋友講磨之語乃宜不知公謂然否

王聖俞評此老疋不喜人妄意作奇

鍾伯敬評深厚之言悲懇之意一氣流出

便有無限轉換

與李公擇

秋色佳哉想有以爲樂人生唯寒食重九慎不可虛擲四時之變無如此節者近有潮州人寄一物其上云扶劣膏不言何物狀似羊脂而堅盛竹筒中公識此物否味其名必佳物也若識之當詳以示可分去或問習海南者子由近作棲賢堂記讀之慘凜覺崩崖飛瀑逼人寒栗

鍾伯敬評 結句紀遊妙語

鍾伯敬評予瞻風流瀟洒沒謚文忠正緣胸中有此本帳耳

又

示及新詩皆有遠別惘然之意雖兄之愛我厚然本以鐵石心腸待公何乃爾耶吾儕雖老且窮而道理貫心肝忠義填骨髓直須談笑生死之際若見僕困窮便相憐則與不學道者大不相遠矣兄造道深中必不爾出于相愛好之篤而已然朋友之義專務規諫輒以狂言廣兄之意雖懷坎壈於時遇事有可尊主澤民者便忘軀爲之禍福得喪

付與造物非兄僕豈發此看訖便火之不知者以爲詬病也

鍾伯敬評：不負心之語

又

知治行窘用不易僕行年五十始知作活大要是慳爾而文以美名謂之儉素然吾儕爲之則不類俗人眞可謂淡而有味者又詩云不戢不難受福不那口體之欲何窮之有每加節儉亦是惜福延壽之道此似鄙吝且出之不得已也然自謂長策不敢獨用故獻之左右往京師尤宜用此策也一笑

鍾伯敬評千古門户論議此數語道盡

與楊元素

某近數章請郡未允數日來杜門待命期于必得耳公必聞其略蓋爲臺諫所不容也昔之君子惟荆是師今之君子惟温是隨所隨不同其爲隨一也老弟與温相知至深始終無間然多不隨耳致此煩言蓋始于此然進退得喪齊之久矣皆不足道老兄相知之深恐願聞之不須爲人言

詞家用古所貴不改一語方見本色

與朱康叔

閤名久思未獲佳者更乞詳閤之所向及側近故事故跡爲幸董義夫相聚多日甚歡未嘗一日不談公美也舊好誦陶潛歸去來嘗患其不入音律近輒微加增損作般涉調哨遍雖微改其詞而不改其意請以文選及本傳考之方知字字皆非創入也謹小楷一本寄上却求爲書抛磚之謂也亦請錄一本與元弼爲病勸不及別作書也數日前

飲醉後作頑石亂篠一紙私甚惜之念公篤好故
以奉獻幸檢至

與姜唐佐秀才

今日霽色猶可喜食已當取天慶觀乳泉潑建茶之精者念非君莫與共之然早來市無肉當相與啖菜飯耳不嫌可只今相過某啓上

王聖俞評簡而多風

與王慶源

高密風土食物稍佳但省租公庫減削索然貧儉始至值歲饑人豪剽刼無虛日凡督捕姦兇五七十人近始肅然鬬訟頗簡稍葺治園亭居之亦粗可樂但值登高西南引領卽悵然終日近稍能飲酒終日可飲十五銀盞他日粗可奉陪於瑞草橋路上放歌倒載也

王聖俞評此必蜀人故与之談鄉思

鍾伯敬評　令應制牽者予當以此語告之

荅王庠

別紙累幅過當老病廢志豈堪英俊如此責望也少年應科時記錄名數沿革及題目等大略與近歲應舉者同耳亦有節目文字才塵忝後便被舉主取去今日皆無有然亦無用也實無捷徑必得之術但如君高才強力積學數年自有可得之道而其實皆命但卑意欲少年爲學者每讀書皆作數過盡之書富如入海百貨皆有之人之精力不

此語看古人甚深

讀書吸訣

能兼收盡取但得其所欲求者耳故願學者每次作一意求之如欲求古人興亡治亂聖賢作用但作此意求之勿生餘念又作一次求事迹故實典章文物之類亦如之他皆倣此雖迂鈍而他日學成八面受敵與涉獵者不可同日而語也甚非速化之術可笑可笑

答吕熈道

南都住半月恍然如一夢耳思企德義每以悵然舍弟朴訥寡徒非長者輕勢重道誰肯相厚者湖州江山風物不類人間加以事少睡足眞拙者之慶有幹不外

王聖俞評他語人能道之加睡足二字便不同

李卓吾評風致翩翩

答言上人

去歲吳興倉卒爲別至今耿耿譴居窮陋往還斷盡遠辱不遺尺書見及感怍殊深比日法體佳勝札翰愈精健詩必稱是不蒙見示何也雪齋清境發於夢想此間但有荒山大江修竹古木每飲村酒醉後曳杖放腳不知遠近亦曠然天眞與武林舊遊未見議優劣也何時會合一笑惟萬萬自愛

王聖俞評不商優劣更佳

王聖俞評 時戒不作詩文

與蔡景繁

承愛女微疾今已必全安矣某病咳逾月不已雖無可憂之狀而無憀甚矣臨臯南畔竟添却屋三間極虛敞便夏蒙賜不淺朐山臨海石室信如所諭前某嘗携家一遊時家有胡琴婢就室中作濩索凉州凛然有氷車鐵馬之聲婢去久矣因公復起一念若果遊此當有新篇果爾者亦當破戒奉和也呵呵

又

近來頗佳徤一病半年無所不有今又一時失去無分毫在者足明憂喜浮幻皋非真實因此頗知衛生之經平日妄念雜好掃地盡矣公比來諸況何如刻刷之來不少勞乎思渇之至非筆墨所能盡也

黄山谷云王元直游東坡雪霧中風氣殊勝由此觀之豈可不擇交遊親戚耶

與王元直

黄州真在井底杳不聞鄉國信息不審比日起居何如、郎娘各安否此中凡百粗遣江邊弄水挑菜便過一日每見一邸報須數人下獄得罪方朝廷綜核名實雖才者猶不堪其任況僕頑鈍如此其廢弃固宜但有少望或聖恩許歸田里得款段一僕與子衆丈楊宗文之流往來瑞草橋夜還何村與君對坐莊門喫瓜子炒豆不知當復有此日否王聖俞評：無他，只自饒。

存道奄忽，使我至今酸辛。其家亦安在？人還，詳示數字。餘惟萬萬保愛。

王聖俞評：入俚語有真趣。

又

王箴，字元直，小名三老翁，小字儆叔。

王聖俞評：記此何為耶？不倫不理，偶然有致。

元祐四年十月十八日夜，與王元直飲酒，掇薺菜食之，甚美，頗憶蜀中巢菜，悵然久之。

趣溢言表

與徐得之

得之晚得子聞之喜慰可知不敢以俗物爲賀所用硯一枚送上須是學書時矣知似太早然俯仰間便自見其成立但催促吾儕日益潦倒耳恐得之惜别又復前去家中闕人抱孩兒深爲不皇呵呵

東坡聖俞評妙處只在尺幅短而轉換

送硯致祝字，祝字，不露祝

趣甚

與毛維瞻

歲行盡矣風雨淒然紙窻竹屋燈火青熒時於此間得少佳趣無緣持獻獨享爲愧想當一笑也

王聖俞評猶古詩言嶺上白雲不堪持奉耳

有趣有致々々自大甜

答賈耘老

今日舟中無他事十指如懸槌適有人致嘉酒遂獨飲一杯醺然徑醉念賈處士貧甚無以慰其意乃爲作怪石古木一紙每遇饑時輒以開看還能飽人否若吳興有好事者能爲君月致米三石酒二斗終君之世者便以贈之不爾者可令雙荷葉收掌須添丁長以付之也

王聖俞評爲之妙不堪自讚故以調語多方薦意

又

久放江湖不見偉人昨在金山滕元發以扁舟破巨浪來相見出船巍然使人神聳好箇沒興底張鎬相公見時且爲致意別後酒狂甚長進也老拙云張公一生江海客身長九尺鬚眉蒼謂張鎬也蕭嵩薦之云用之則爲帝王師不用則窮谷一病叟耳

與王定國

數日病臥在告不審起居佳否知今日會兩脩清虛陰森正好劇飲無狂客氷玉相對得無少澹否扶病暫起見與子由簡大駡書尺往還正是擾人可憎之物公乃以此爲喜怒乎仙人王遠云得此書當復劇口大駡之固應爾然而不可以徒駡也知公澹甚往發一笑張十七必在坐幸仰意

王聖俞評以奇破諧

去留自主

贈王文甫

昨日大風欲去而不可今日無風可去而我意欲留文甫欲我去者當使風水與我意會如此便當作留客過歲准備也

王聖俞評憶意所如

荅參寥

專人遠來辱手書并示近詩如獲一笑之樂數日喜慰忘味也某到貶所半年凡百粗遣更不能細說大略秪似靈隱天竺和尚退院後却在一箇小村院子折足鐺中罨糙米飯喫便過一生也得其餘瘴癘病人北方何嘗不病是病皆死得人何必瘴氣但苦無醫藥京師國醫手裏死漢尤多參寥聞此一笑當不復憂我也故人相知者即以此語

之餘人不足與道也未會合間千萬爲道善愛自重

王聖俞評善乎自寬

多深造之言

又

穎沙彌書迹巉聳可畏他日眞妙總門下龍象也老夫不復止以詩句字畫期之矣老師年紀不少尚留情詩句字畫間爲兒戲事耶然此回示詩超然眞游戲三昧也居閒不免時時弄筆見索書字要楷法輒往數篇終不甚楷也秪一讀了付穎師收勿示餘人也雪浪齋詩尤奇偉感激感激轉海相訪一段奇事但聞海船遇風如在高山上墜深

兩頭語最奇

又一翻出脫

旨信又奇

谷中非愚無知與至人皆不可處胥靡遺生恐吾輩不可學若是至人無一事冒此險做什麽千萬勿萌此意頴師喜於得預乘桴之游耳所謂無所取裁者其言不可聽切切相知之深不可不盡自其實耳自揣餘生必須相見公但記此言非妄語也

参寥作詩清麗不類浮屠語長公与遊亦不以浮屠視之

不恨寓嶺表
所恨荔枝少
其詩正与題
應

與循守周文之

近日屢獲教音及林增城至又得聞動止之詳併深感慰桃荔米酒諸信皆達矣荷佩厚眷難以盡喻今歲荔子不熟土産早者既酸且少而增城晚者不至方有空寓嶺表之歎忽信使至坐有五客人食五枚飽外又以歸遺皆云其香如練家紫但差小耳二廣未嘗有此異哉又使人健行八百枚無一損者此尤異也林令奇士幸此少留公所與

者故自不凡也蒸暑異常萬萬以時珍嗇

王聖俞評 粧撰有情致

與米元章

其昨日啖冷過度夜暴下旦復疲甚食黄芪粥甚美臥閲四印奇古失病所在明日會食乞且罷需稍健或雨過翛然時也印却納

王聖俞評蕭然不俗尺牘場

又

嶺海八年親友曠絶亦未嘗關念獨念吾元章邁往凌雲之氣精雄絶世之文超妙入神之字何時見之以洗我積歲障毒耶今真見之矣餘無足云者

賀歐陽少師致仕啓

伏審抗章得謝，釋位言還，天眷雖隆，莫奪已行之志；士流太息，共高難繼之風。凡在庇庥，共增慶抃。

伏以懷安天下之公患，去就君子之所難。世靡不知，人更相笑，而道不勝欲，私於爲身。君臣之恩，繫縻之於前；妻子之計，推荷之於後。至於山林之士，猶有降志於垂老；而況廟堂之舊，欲使辭福於當年？有其言而無其心，有其心而無其決。愚知共蔽古今一塗是以用舍行藏仲尼獨許於顏子存亾進退周易不及於賢人自非智足以周知仁足以自愛道足以忘物之得喪志足以一氣之盛衰則孰能見幾禍福之先脫屣塵垢之外常恐兹世不見其人伏惟致政觀文少師全德難名巨財不器事業三朝之望文章百世之師功存社稷而人不知躬履艱難而節乃見縱使耄期篤老猶當就見質疑而乃力辭於未及之年退託以不能而止大

勇若怯，大智如愚。至貴無軒冕而榮，至仁不導引而壽。較其所得，孰與昔多？軾受知最深，聞道有自，雖外爲天下惜老成之去，而私喜明哲得保身之全。伏暑向闌，台候何似？伏冀爲時自重，少慰輿情。

王聖俞評：走葉成對語，天洞心。
少師致仕時，有門生蔡承禧曰：公德望爲朝廷倚重，恐未及引年。公曰：儂生平名節爲後生楷画，殆盡，惟蚤引退以全晚節，豈可更候驅逐耶。

栽木寓自傷之意

與陳天倅

白鶴峰新居成、當從天倅求數色果木、太大則難活、太小則老人不能待、當酌中者、又須土礁稍大、不傷根者爲佳、不罪不罪

王聖俞評遇事成韻

歐陽文忠公云往時作四六者多用古人語及廣引故事以炫博学而不思述事不暢近時文章変躰如蘇氏四六叙述委曲精盡不減古人

謝制科啓

右軾啓今月某日蒙恩授前件官者臨軒策士方務絕異之材隨問獻言誤占久虛之等忽從佐縣擢與評刑內自顧於無堪凛不知其所措恭惟制治之要惟有取人之難用法者畏有司之不公故舍其平生而論其一日通變者恐人才之未盡故詳於採聽而略於臨時茲二者之相形顧兩全而未有一之於考試而掩之於倉卒所以爲無私也

然而才行之迹無由而深知委之於察舉而要之於久長所以爲無失也然而請屬之風或因而滋長此隋唐進士之所以爲有弊魏晉中正之所以爲多姦惟是賢良茂異之科兼用考試察舉之法每中年輒下明詔使兩制各舉所聞在家者能孝而恭在官者能廉而慎臨之以患難而能不變邀之以寵利而能不回旣已得其行已之大方然後責其當世之要用學博者又須守約而後取文麗

李彥門評：此篇宋時進士科及制科之乘舉爲得其法。

者或以用寡而見尤特於萬人之中求其百全之美凡與中書之召命已爲天下之選人而又有不可測知之論以觀其默識之能無所不問之策以效其博通之實至於此而不去則其人之可知然猶使御史得以求其疵諫官得以考其素一陷清議輒爲廢人是以始由察舉而無請謁公行之私終用考試而無倉卒不審之患蓋其取人也如此之密則夫不肖者安得而容軾才不逮人少而自

信治經獨傳於家學爲文不願於世知特以饑寒之憂出求升斗之祿不謂諸公之過聽使與羣豪而並遊始不自量欲行其志遂竊俊良之舉不知氣力之微論事迂濶而不能動人讀書疎略而無以應敵取之甚媿得而益慚此蓋伏遇某官德爲世之望人位爲時之顯處聲稱所被四方莫不奔趨議論一加多士以爲進退致茲庸末亦與甄收然而志卑處高德薄寵厚歷觀前輩由此爲致君

之資敢以微軀自今為許國之始過此以往未知所裁。

王聖俞評以議論入駢偶中因方為珪遇圓成璧無所不到

蘇長公密語卷十一終

蘇長公密語目錄

卷十二

書後

書吳說筆

書硯

書呂道人硯

書鳳咮硯

書畫壁易石

書贈魯元翰暖肚餅

書贈孫叔靜

書臨皋亭

泰山尺沿居然有五岳突兀大海洄激之势

蘇長公密語卷十二

姑孰古繁李一公闇生甫選
三衢杜承仕邦用甫校

書後

書六一居士傳後

蘇子曰居士可謂有道者也或曰居士非有道者也有道者無所挾而安居士之於五物捐世俗之所爭而拾其所棄者也烏得爲有道乎蘇子曰不

然挾五物而後安者惑也釋五物而後安者又惑也且物未始能累人也軒裳圭組且不能爲累而況此五物乎物之所以能累人者以吾有之也吾與物俱不得已而受形於天地之間其孰能有之而或者以爲己有得之則喜喪之則悲今居士自謂六一是其身均與五物爲一也不知其有物耶物有之也居士與物均爲不能有其孰能置得喪於其間故曰居士可謂有道者也雖然自一觀五

精語

居士猶可見也與五爲六居士不可見也居士殆將隱矣

王聖俞許東坡文字妙在鼓舞得一言論必鼓之舞之以盡變兎起鶻落自有餘態

陶石簣許一句一折釋老之胸莊騷之舌

鍾伯敬許說理不腐

袁石公評：摠述馬遷酒極則亂句

書淳于髡傳後

淳于髡言一斗既醉一石亦醉至於州閭之會男女雜坐幾於勸矣而何諷之有以吾觀之蓋有微意以多少之無常知飲酒之非我觀變識妄而平生之嗜亦少衰矣是以託於放蕩之言而能已荒主長夜之飲未有識其趣者元祐六年六月十三日偶讀史記書此

即觀變識妄語言甚

寫態曲盡人情亦然

評入妙

書孟德傳後

子由書孟德事見寄余既聞而異之以為虎畏不懼己者其理似可信然世未有見虎而不懼者則斯言之有無終無所試之然曩余聞忠萬雲安多虎有婦人晝日置二小兒沙上而浣衣於水者虎自山上馳來婦人倉皇沉水避之二小兒戲沙上自若虎熟視久之至以首觝觸庶幾其一懼而兒癡竟不知怪虎亦卒去意虎之食人先被之以威

而不懼之人威無所從施歟有言虎不食醉人必坐守之以俟其醒俟其懼也有人夜自外歸見有物蹲其門以爲猪狗類也以杖擊之卽逸去至山下月明處則虎也是人非有以勝虎而氣已蓋之矣使人之不懼皆如嬰兒醉人與其未及知之時則虎畏之無足怪者故書其末以信子由之說

王聖俞評却有至理

鍾伯敬評此正養氣之說了此天下無難事矣

又評妙理妙論不必真有如此說來真妙

王無功嘗恨不逢劉伶與阮户轟飲子瞻亦若恨不逢無功皆同真味

書東皋子傳後

予飲酒終日不過五合天下之不能飲無在予下者然喜人飲酒見客舉杯徐引則予胸中為之浩浩焉落落焉酣適之味乃過於客閑居未嘗一日無客客至未嘗不置酒天下之好飲亦無在予上者常以為人之至樂莫若身無病而心無憂我則無是二者矣然人之有是者接於予前則予安得全其樂乎故所至常蓄善藥有求者卽與之而尤

喜釀酒以飲客或曰子無病而多蓄藥不飲而多釀酒勞已以爲人何也予笑曰病者得藥吾爲之體輕飲者困於酒吾爲之酣適葢專以自爲也東皐子待詔門下省日給酒三升其弟靜問曰待詔樂乎曰待詔何所樂但美醖三升殊可戀耳今嶺南法不禁酒予既得自釀月用米一斛得酒六斗而南雄廣惠循梅五太守間復以酒遺予略計其所獲殆過於東皐子矣然東皐子自謂五斗先生

則日給三升救口不暇安能及客乎若余者乃日有二升五合入野人道士腹中矣東皐子與仲長子光游好養性服食豫刻死日自爲墓誌予蓋友其人於千載或庶幾焉

上文似抑東皐

太過得此方澹遠有味

王聖俞評東坡蓋曰已不能飲而喜人飲則与東皐子意趣未睽也以此寄尚友之意

劉越石評是真得趣于酒者謂為坡仙可謂為酒仙亦可

鍾伯敬評一段大悲憫意以歡喜心行之自宜出大菩薩心行

陶石簣汙浣法從蓮花喻品來

叟進

書黃魯直李氏傳後

無所厭離何從出世無所欣慕何從入道忻慕之至亾子見父厭離之極焫雞出湯不極不至心地不淨如飯中沙與飯皆熟若不含糊與飰俱嚥即須吐出與沙俱棄善哉佛子作清淨飰淘米去沙終不能盡不如即用本所自種元無沙米此米無沙亦不受沙非不受也無受處故

精語

王聖俞評道中不涉諸趣由趣乃以入道此為中人以下方便設法在上乘則不須也

寫愚俗曲盡
李卓吾許趣
鍾伯敬許恬
字便妙

書柳子厚牛賦後

嶺外俗皆恬殺牛而海南爲甚客自高化載牛渡海百尾一舟遇風不順渴饑相倚以死者無數牛登舟皆哀鳴出涕既至海南耕者與屠者常相半病不飲藥但殺牛以禱富者至殺十數牛死者不復云幸而不死即歸德於巫以巫爲醫以牛爲藥間有飲藥者巫輒云神怒病不可復治親戚皆爲却藥禁醫不得入門人牛皆死而後已地產沉水

可謂充類至義之盡

香香必以牛易之黎黎人得牛皆以祭鬼無脫者中國人以沉水香供佛燎帝求福此皆燒牛肉也何福之能得哀哉予莫能救故書柳子厚牛賦以遺瓊州僧道贇使以曉諭其鄉人之有知者庶幾少哀乎庚辰三月十五日記

王聖俞評慘不忍讀

鍾伯敬評癡心積習惟此諦可以解之一經正論便失之矣

眼前語人都不能道

書若逵所書經後

懷楚比丘示我若逵所書二經經爲幾品品爲幾偈偈爲幾句句爲幾字字爲幾畫其數無量而此字畫平等若一無有高下輕重大小云何能一以忘我故若不忘我一畫之中已現二相而況多畫如海上沙是誰磋磨自然匀平無有麤細如空中雨是誰揮灑自然蕭散無有疏密咨爾楚逵若能一念了是法門于剎那頃轉八十藏無一忘失一

文章之妙自然之節亦復如是

句一偈東坡居士説是法已復還其經

王聖俞評故是慧心人

李卓吾評亦趣

詩琴之外別有神契

書醉翁操後

二水同器有不相入二琴同手有不相應今沈君信手彈琴而與泉合居士縱筆作詩而與琴會此必有眞同者矣本覺法眞禪師沈君之子也故書以寄之願師宴坐靜室自以爲琴而以學者爲琴工有能不謀而同三合無際者願師取之元祐七年四月二十四日

想頭玄

那字太妙

勤□學

王聖俞評此等題清遠爲上意解次之王夷甫猶嫌太解明

書天慶觀壁

東坡飲酒此室進士許毅甫自五羊來邂逅一杯而别

玉聖俞許文至東坡真是不須作文只隨事記録便是文

東坡云淵明形神似我樂天心相似我觀此何如

書淵明酬劉柴桑詩

自夏歷秋毒熱七八日不解炮灼理極意謂不復有清涼時今日忽淒風微雨遂御裌衣顧念茲歲屈指可盡陶彭澤云今我不爲樂知有來歲不此言眞可爲惕然也

王聖俞評感時撫事

酧柴桑詩云窮居寡人用時忘四運周櫚庭多落葉慨然已知秋新葵鬱北牖嘉穟養南疇今我不爲樂知有來歲不命室携童弱良月登遠遊

書逸少竹葉帖

王逸少竹葉帖長安水丘氏傳寶之今不知所在三十年前見其摹本於雷壽

王聖俞評逸少書詎須臾贊一辭只如此便見鄭重之至

直發書法之秘　李卓吾評好

書唐氏六家書後

永禪師書骨氣深穩體兼衆妙精能之至反造疎淡如觀陶彭澤詩初若散緩不收反覆不已乃識其奇趣今法帖中有云不具釋智永白者謨收在逸少部中然亦非禪師書也云謹此代申此乃唐末五代流俗之語耳而書亦不工歐陽率更書妍緊拔羣尤工於小楷高麗遣使購其書高祖歎曰彼觀其書以爲魁梧奇偉人也此非知書者凡書

李卓吾評甚是

象其爲人率更貌寒寢敏悟絶人今觀其書勁嶮刻厲正稱其貌耳褚河南書清遠蕭散微雜隸體古之論書者兼論其平生苟非其人雖工不貴也河南固忠臣但有譖殺劉洎一事使人怏怏然余嘗攷其實恐劉洎末年褊忿實有伊霍之語非譖也若不然馬周明其無此語太宗獨誅洎而不問周何哉此殆天后朝許李所誣而史官不能辨也張長史艸書頹然天放略有點畫處而意態自足

號稱神逸今世稱善草書者或不能眞行此大妄也眞生行行生草眞如立行如行草如走未有未能行立而能走者也今長安猶有長史眞書郎官石柱記作字簡遠如晉宋間人顔魯公書雄秀獨出一變古法如杜子美詩格力天縱奄有漢魏晉宋以來風流後之作者殆難復措手柳少師書本出于顔而能自出新意一字百金非虛語也其言心正則筆正者非獨諷諫理固然也世之小人書

字雖工而其神情終有雎盱側媚之態不知人情隨想而見如韓子所謂竊斧者乎抑眞爾也然至使人見其書而猶憎之則其人可知矣余謫居黄州唐林夫自湖口以書遺余云吾家有此六人書子爲我略評之而書其後林夫之書過我遠矣而反求于予何哉此又未可曉也

陶石簣評高論老筆悦老史傳

書蒲永昇畫後

古今畫水多作平遠細皺其善者不過能爲波頭起伏使人至以手捫之謂有窪隆以爲至妙矣然其品格特與印板水紙爭工拙於毫釐間耳唐廣明中處士孫位始出新意畫奔湍巨浪與山石曲折隨物賦形盡水之變號稱神逸其後蜀人黄筌孫知微皆得其筆法始知微欲於大慈寺壽寧院壁作湖灘水石四堵營度經歲終不肯下筆一日

倉皇入寺索筆墨甚急奮袂如風須臾而成作輸瀉跳蹙之勢洶洶欲崩屋也知微既死筆法中絶五十餘年近歲成都人蒲永昇嗜酒放浪性與畫會始作活水得二孫本意自黄居寀兄弟李懷袞之流皆不及也王公富人或以勢力使之永昇輒嬉笑捨去遇其欲畫不擇貴賤頃刻而成嘗與余臨壽寧院水作二十四幅每夏日掛之高堂素壁即陰風襲人毛髮爲立永昇今老矣畫亦難得而

世之識眞者亦少如往時董羽近日常州戚氏畫水世或傳寶之如董戚之流可謂死水未可與永昇同年而語也

陶石簣評可以喻道

王聖俞評東坡善画故知画知画故言入底裏

戴嵩當師牧童

書戴嵩畫牛

蜀中有杜處士好書畫所寶以百數有戴嵩牛一軸尤所愛錦囊玉軸常以自隨一日曝書畫有一牧童見之拊掌大笑曰此畫鬭牛也牛鬭力在角尾搐入兩股間今乃掉尾而鬭謬矣處士笑而然之古語有云耕當問奴織當問婢不可改也

王聖俞評所貴當家○藏畫者遺笑牧童實古者鑒之黄筌畫飛鳥頸足皆展或曰飛鳥縮頸則展足縮足則展頸無兩展者驗之信然

書李伯時山莊圖後

或曰龍眠居士作山莊圖使後來入山者信足而行自得道路如見所夢如悟前世見山中泉石草木不問而知其名遇山中漁樵隱逸不名而識其人此豈強記不忘者乎曰非也畫日者常疑餅非忘日也醉中不以鼻飲夢中不以趾捉天機之所合不強而自記也居士之在山也不留於一物故其神與萬物交其智與百工通雖然有道有藝有

道而不藝則物雖形於心不形於手吾嘗見居士作華嚴相皆以意造而與佛合佛菩薩言之居士畫之若出一人况自畫其所見者乎

更精

王聖俞評有道而不藝則物雖形於心不形于手如後世理學名公未必善作詩文

物以時移類此

書海苔紙

昔人以海苔爲紙今無復有今人以竹爲紙亦古所無有也

王聖俞評曰則物之貴賤何常

海苔紙今已無矣後何可得書以付子大有寶惜意

書墨

余蓄墨數百挺暇日輒出品試之終無黑者其間不過一二可人意以此知世間佳物自是難得茶欲其白墨欲其黑方求黑時嫌漆白方求白時嫌雪黑自是人不會事也

王聖俞評茶墨白黑東坡每每言之而此最勝坡公云世人論墨多取其黑不取其光使其光必小兒目睛乃爲佳也觀此則寳墨當論黑白之故

書呂行甫墨顛

呂希彥行甫相門子行義有過人者不幸短命死矣平生藏墨士大夫戲之爲墨顛功甫亦與之善出其所遺墨作此數字

王聖俞許蹟甚銷鬼故不待言

滕達道蘇浩然呂行甫暇日晴煖研墨水數合弄筆之餘乃啜飲之

王聖俞評誠

書廷珪墨

昨日有人出墨數寸僕望見之知其爲廷珪也凡物莫不然不知者如鳥之雌雄其知之者如烏鵲也

廷圭唐李超之子初至歙以墨名家形色異衆

書諸葛筆

宣州諸葛氏筆擅天下久矣縱其間不甚佳者終有家法如北苑茶内庫酒教坊樂雖敝精疲神欲强學之而草野氣終不可脱

王聖俞評類然

学杜者所當知

書諸葛散卓筆

散卓筆惟諸葛能之他人學者皆得其形似而無其法反不如常筆如人學杜甫詩得其粗俗而已

枝玉精巧盖藝与道合非學所及

黃山谷云東坡喜用宣城諸葛筆以為諸葛之下者猶勝他處工者平生書字每得諸葛筆則婉轉可意見凡研前有棗核筆必唾詬以為今人但好奇異而無入用之實然東坡不喜凖鈎懸腕故書家亦不服此論

可感可感

書吳説筆

筆若適士大夫意則工書人不能用若便於工書者則雖士大夫亦罕售矣屠龍不如履豨豈獨筆哉君謨所謂藝益工而人益困非虛語也吳政已亾其子説頗得家法

王聖俞評良可歎息

大字氣語溫池为須置於右

書硯

硯之發墨者必費筆不費筆則退墨二德難兼非獨硯也大字難結密小字常局促眞書患不放草書苦無法茶苦患不美酒美患不辣萬事無不然可一大笑也

王聖俞許洋洋來○洗得瑩每因一語而旁及數種以其波瀾處

澄泥硯唐人品硯以為第一

人棄我取

書呂道人硯

澤州呂道人澄泥硯多作投壺樣其首有呂字非刻非書堅緻可以試金道人已死硯漸難得元豐五年三月七日偶至沙湖黃氏家見一枚黃氏初不知貴乃取而有之

王聖俞評滄[illegible]

書鳳咮硯

僕好用鳳咮石硯然論者多異同葢自少得眞者爲黯黮灘石所亂耳

主聖命許須与拈破

似之亂真亟獨一硯

只一句已盡石之美

書畫壁易石

靈壁出石然多一面劉氏園中砌臺下有一株獨巉然反復可觀作麋鹿宛頸狀東坡居士欲得之乃畫臨華閣壁作醜石風竹主人喜乃以遺予居士載歸陽羡元豐八年四月六日

王聖俞評語點一意言

王晉卿示詩欲易海石坡公謂能以韓幹馬易之則許晉卿難之可見以石易畫以画易石隱興所到大有韻致

書贈魯元翰暖肚餅

公昔遺予以暖肚餅，其直萬錢。我今報公亦以暖肚餅，其價不可言。中空而無眼，故不漏；上直而無耳，故不懸。以活潑潑爲内，非湯非水；以赤歷歷爲外，非銅非鉛；以念念不忘爲項，不解不縛；以了了常知爲腹，不方不圓。到希領取，如不肯承當，却以見還。

王聖俞評：此之養訣，借事作戲。

非非歸無此
光景

書贈孫叔靜

今日於叔靜家飲官法酒烹團茶燒衙香用諸葛筆皆北歸喜事

王聖俞評：得意自別

書臨皋亭

東坡居士酒醉飯飽倚於几上白雲左繚清江右洄重門洞開林巒坌入當是時若有思而無所思以受萬物之備慚慚慚慚愧。

王聖俞評邈思寥廓意到筆隨人人有此部

叔放出指出

蘇長公密語卷十二終

蘇長公密語目錄

卷十三

跋王鞏所收藏真書
跋南塘挑耳圖
跋趙雲子畫
記承天夜遊
記松風亭
記遊定惠院
記遊白水書付過
記與歐陽公語

記外曾祖程公逸事

記先大人不殘鳥雀

記南華長老重辯師逸事

記李若之事

記故人病

記南海作墨

記與安節飲

記王子直來訪

蘇長公密語卷十三

題跋　記事

題羅浮

紹聖元年九月二十七日東坡公遷於惠州艤舟泊頭鎮明辰肩輿十五里至羅浮山入延祥寶積寺禮天竺瑞像飲梁僧景泰禪師卓錫泉品其味

出江水上遠甚東三里至長壽觀又東北三里至冲虛觀觀有葛稚川丹竈登朱仙者朝斗壇觀壇上所獲銅龍六魚一壇北有洞曰朱明蓁莽不可入水出洞中鏘鳴如琴筑水中皆菖蒲生石上道士鄧守安字道立有道者也訪之適出坐遺履軒望麻姑峰方飲酒進士許毅來遊呼與飲旣醉還宿寶積中閣夜大風燒壯甚有聲晨粥已還舟憩花光寺從遊者幼子過巡檢吏珏寶積長老齊德

延祥長老紹冲冲虚道士陳熈明山中可遊而未暇者明福宫石樓黄龍洞期以明年三月復來

有餘韻

王聖俞評言簡趣多曲折有法

袁石公評隨筆點染情景宛然正使極力點染者形絀

題萬松嶺惠明院壁

予去此十七年復與彭城張聖途丹陽陳輔之同來院僧梵英葺治堂宇比舊加嚴潔茗飲芳烈問此新茶耶英曰茶性新舊交則香味復予嘗見知琴者言琴不百年則桐之生意不盡緩急清濁嘗與雨暘寒暑相應此理與茶相近故并記之

王聖俞評致有玄理

看棋而逃或睡或醉

題李岩老

南岳李岩老好睡衆人食飽下棋岩老輒就枕閲數局乃一展轉云我始一局君幾局矣東坡曰岩老常用四脚棋盤只着一色黑子昔與邊韶敵手今被陳摶饒先着時自有輸贏着了並無一物歐陽公詩云夜涼吹笛千山月路暗迷人百種花棋罷不知人換世酒闌無奈客思家殆是類也

王聖俞評可補入醉鄉記

題鳳翔東院王畫壁

嘉祐癸卯上元夜，來觀王維摩詰筆，時夜已闌，殘燈耿然，畫僧踽踽欲動，恍然久之。

王聖俞許假語狀真

子美題画云堂上不合生楓樹怪底江山起烟霧亦此意也

三四二

題王靄畫如來出山相

頭鬅鬙耳卓朔適從何處來碧色眼有角明星未出萬相閑外道天魔猶奏樂錯不錯安得無上菩提成等正覺

王聖俞許以角用雋異思路靈通

有感慨意

題蘭亭記

眞本已入昭陵世徒見此而已然此本最善日月愈遠此本當復缺壞則後生所見愈微愈疎矣

王聖俞評題跋語大抵貴其儒跡

袁石公評辯才藏眞本貯之梁間鄭重極矣取殉昭陵可見尤物不留人間良可嘆息

題壽聖寺

蜀人蘇軾子瞻南遷幼子過同遊壽聖寺遇隱者石君汝礪器之詁羅浮之勝至暮廼去

王聖俞評：文字造妙時可以發巧尚直

有感慨

題雲安下岩

子瞻子由與侃師至此院僧以路惡見止不知僕之所歷有百倍於此者矣丁未正月二十日書

王聖俞評既見好遊且嘆世途

長公特操已見于此

跋君謨書

僕論書以君謨爲當世第一多以爲不然然僕終守此説也

王聖俞評不言所以但持之甚堅

君謨學書如泝急流用盡氣力不離故處故

歐陽文忠以爲獨步當世

跋草書後

僕醉後輒作草書十數行便覺酒氣拂拂從十指出去也

王聖俞評神奇語

張顛醉後以髮蘸墨與此致頗同

金剛經跋尾

聞昔有人受持諸經攝心專妙常以手指作捉筆狀於虛空中寫諸經法是人去後此寫經處自然嚴淨雨不能濕凡見聞者孰不贊歎此希有事有一比丘獨拊掌言惜此藏經止有半藏乃知此法有一念在卽爲塵勞而況可以聲求色見今此長者談君文初以念親故示入諸相取黃金屑書金剛經以四句偈悟入本心灌流諸根六塵清淨方

此之時不見有經而况其字字不可見何者爲金
我觀談君孝慈忠信内行純備以是衆善莊嚴此
經色相之外炳然煥發諸世間眼不具正見使此
經法缺陷不全是故我説應如是見東坡居士説
是法已復還其經

妙

王聖俞評譚君特富見依佛者耳東坡盖反
詞以藥之然亦諷直相半

佛語菩薩語如孔孟語實亦内細繹之自見

跋王氏華嚴經解

予過濟南龍山鎮監稅宋寶國出王氏華嚴經解相示曰公之於道可謂至矣予聞寶國華嚴有八十卷今獨以解其一何也寶國曰王氏謂我此佛語深妙其餘皆菩薩語爾予曰予於藏經取佛語數句置菩薩語中復取菩薩語置佛語中子能識其是非乎曰不能也非獨予不能王氏亦不能予昔在岐下聞汧陽猪肉至美遣人置之使者醉猪

夜逸置他猪以償吾不知也而與客皆大詫以爲非他產所及已而事敗客皆大慚今王氏之猪未敗爾昔者買肉娼女歌或因以悟若一念清淨墻壁瓦礫皆說無上法而示佛語深妙菩薩不及豈非夢中語乎寶國曰唯唯

王聖俞許人情蔽惑每每如此

芳李賛皇使人置金山泉其人筆棹忘之取石城方憶汲以献李飲之曰此頗似石頭城下水世固有辨之者恐佛語菩薩語亦然

跋送石昌言引

右嘉祐元年九月十九日先君送石昌言北使文一首其字則軾年二十一時所書與昌言本也今蓄於陳履常氏昌言名揚休善爲詩有名當時終於知制誥彭任字有道亦蜀人從富彦國使虜還得靈河縣主簿以死石守道嘗稱之曰有道長七尺而膽過其身一日坐酒肆與其徒飲且酣聞彦國當使不測之虜憤憤椎酒床拳皮裂遂自請行

蓋欲以死扞彦國者也其爲人大畧如此然亦任俠好殺云元祐三年九月初一日題

國家安能盡得善人而用之

王聖俞評文亦然

跋王鞏所收藏真書

僧藏真書七紙，開封王君鞏所藏。君侍親平凉，始得其一，而兩紙在張鄧公家，其後馮公當世又獲其三，雖所從分異，而不可考，然筆勢奕奕，七紙意相屬也。君鄧公外孫，而與當世相善，乃得而合之。余嘗愛梁武帝評書，善取物象，而此公尤能自譽，觀者不以爲過，信乎其書之工也。然其爲人儻蕩，本不求工，所以能工此，如没人之操舟，無意於濟

否是以覆却萬變而舉措自若其近於有道者耶

赤水玄珠無意于珠者得之

跋南塘挑耳圖

王晉卿嘗暴得耳聾，意不能堪，求方於僕，僕荅之云：「君是將種，斷頭穴胸，當無所惜，兩耳堪作底用，割捨不得，限三日疾去，不去，割取我耳。」晉卿灑然而悟，三日病良已，以頌示僕云：「老婆心急頻相勸，性難只得三日限。我耳已效君不割，且喜兩家總平善。」今見定國所藏挑耳圖，云得之晉卿，聊識此。

王聖俞評：有雄入九軍力量，方可泰禪。

跋趙雲子畫

趙雲子畫筆略到而意已具工者不能然託於椎陋以戲侮來者此柳下惠之不恭東方朔之玩世滑稽之雄乎或曰雲子蓋度世者蜀人謂狂雲猶曰風雲耳

雲子飄飄欲仙

記承天夜遊

元豐六年十月十二日夜解衣欲睡月色入戶欣然起行念無與樂者遂至承天寺尋張懷民亦未寢相與步於中庭庭下如積水空明水中藻荇交横蓋竹柏影也何夜無月何處無竹但少閑人如吾兩人耳

王聖俞評造化佳勝往往而是只為無閑身便至當面蹉過一讀此可為悵然又曰江山風月本無常主閑者便是主人

妙妙

悠然

記遊松風亭

余嘗寓居惠州嘉祐寺縱步松風亭下足力疲乏思欲就林止息望亭宇尚在木末意謂是如何得到良久忽曰此間有甚麽歇不得處由是如挂鈎之魚忽得解脫若人悟此雖兵陣相接鼓聲如雷霆進則死敵退則死法當恁麽時也不妨熟歇

王聖俞許余深領此趣難以筆舌讚也

根本去所亦
須待有識人

記遊定惠院

黄州定惠院東小山上有海棠一株特繁茂每歲盛開必携客置酒已五醉其下矣今年復與參寥師二三子訪焉則園已易主主雖市井人然以予故稍加倍治山上多老枳木性瘦韌筋脉呈露如老人項頸花白而圓如大珠纍纍香色皆不凡此木不爲人所喜稍稍伐去以予故亦得不伐既飲往憩於尚氏之第尚氏亦市井人也而居處脩潔

仕歸矣却得乞橘事點綴餘景

如吳越間人竹林花圃皆可喜醉卧小板閣上稍醒聞坐客崔成老彈雷氏琴作悲風曉月錚錚然意非人間也晚乃步出城東鬻大木盆意者謂可以注清泉瀹瓜李遂賓緣小溝入何氏韓氏竹園時何氏方作堂竹間既闢地矣遂置酒竹陰下有劉唐年主簿者餽油煎餌其名爲甚酥味極美客尚欲飲而予忽興盡乃徑歸道過何氏小圃乞其蘩橘移種雪堂之西坐客徐君得之將適閩中以

後會未可期請予記之爲異日拊掌時參寥獨不飲以棗湯代之

王聖俞評參：此寫盡樂趣

記海南作墨

巳卯臘月二十三日墨灶火發幾焚屋救滅遂罷作墨得佳墨大小五百丸入漆者幾百丸足以了一世仍以遺所不知者何人也餘松明一車仍以照夜二十八日二鼓作此紙、

墨聖俞許書墨事凡三十餘題此最韻也

白水之遊与
叔黨阿同看

記遊白水書付過

紹聖元年十月十二日與幼子過遊白水佛迹院浴於湯池熱甚其源殆可熟物循山而東少北有懸水百仞山八九折折處輒爲潭深者磓石五丈不得其所止雪濺雷怒可喜可畏水厓有巨人迹數十所謂佛迹也暮歸倒行觀山燒壯甚俛仰度數谷至江山月出擊汰中流掬弄珠璧到家二鼓復與過飲酒食餘甘煮菜顧影頽然不復甚寐書

以付過東坡翁

王聖俞許不用虛而韻是不模寫而景是如畫家蕭蕭岑筆含意無窮此等在坡集皆上乘也

照以意用藥

記與歐陽公語

歐陽文忠公嘗言有患疾者醫問其得疾之由曰乗船遇風驚而得之醫取多年柂牙為柂工手汗所漬處刮末雜丹砂伏神之流飲之而愈今本草注別藥性論云止汗用麻黄根節及故竹扇為末服之文忠因言醫以意用藥多此比初似兒戲然或有驗殆未易致詰也予因謂公以筆墨燒灰飲學者當治昏惰耶推此而廣之則飲伯夷之盥水

可以療貪食比干之饑餘可以已佞䃂樊噲之盾可以治怯臭西子之珥可以療惡疾矣公遂大笑元祐三年閏八月十七日舟行入潁州界坐念二十年前見文忠公於此偶記一時談笑之語聊復識之

王聖俞許蔔鄉所謂察辯之士

周元公專以洗寃爲事大數此

記外曾祖程公逸事

公諱仁霸眉山人以仁厚信於鄉里蜀平中朝士大夫憚遠宦官闕選士人有行義者攝公攝錄參軍眉山尉有得盜蘆菔根者實竊而所持刃誤中主人尉幸賞以刼聞獄掾受賕掠成之太守將慮囚囚坐廡下泣涕衣盡濕公適過之知其寃咋謂盜曰汝寃盍自言吾爲汝直之盜果稱寃移獄公既直其事而尉掾爭不已復移獄竟殺盜公坐逸

因罷歸不及月尉掾皆暴卒後三十餘年公晝日見盜拜庭下曰尉掾未伏待公而决前此地府欲召公暫對我扣頭爭之曰不可以我故驚公是以至今公壽盡我爲公荷擔而往暫對即生人天子孫壽椽朱紫滿門矣公具以語家人沐浴衣冠就寢而卒軾初時聞此語已而外祖父壽九十舅氏始貴顯壽八十五曾孫皆仕有聲同時爲監司者三人玄孫宦學益盛而尉掾之子孫微矣或謂盜

得此方有典據

德公之深不忍煩公暫對可也而獄久不決豈主者亦因以苦尉椽也歟紹聖二年三月九日軾在惠州讀陶潛所作外祖孟嘉傳云凱風寒泉之思實鍾厥心意悽然悲之乃記公之逸事以遺程氏庶幾淵明之心也

王聖俞許東坡不爲人作誌狀故叙事少此可概見

安節亦佳士

記與安節飲

元豐辛酉冬至，僕在黄州，姪安節不遠千里來省，飲酒樂甚，使作黄鍾梁州，仍令小童快舞一回，醉後書此，以識一時之事。

王聖俞評：只如此，自好。知否？知否？

文中子云聖王之世鳥鵲之巢可俯而窺也鳳凰安得而不至乎

記先大人不殘鳥雀

少時所居書堂前有竹栢雜花叢生滿庭衆鳥巢其上武陽君惡殺生兒童婢僕皆不得捕取鳥雀數年間皆巢於低枝其鷇可俯而窺之又有桐花鳳四五日翔集其間此鳥羽毛至爲珍異難見而能馴擾殊不畏人閭里間見之以爲異事此無他不忮之誠信於異類也有野老言鳥雀巢去人太遠則其子有蛇鼠狐狸鴟鳶之憂人既不殺則自

近人者欲免此患也由是觀之異時鳥雀巢不敢近人者以人爲甚於蛇鼠之類也苛政猛於虎信哉

王聖俞評能道王德章法亦自燦然

不言五者渾雅

記南華長老重辯師逸事

契嵩禪師常瞋人未嘗見其笑海月慧辯師常喜人未嘗見其怒予在錢塘親見二人皆趺坐而化嵩既茶毗火不能壞益薪熾火有終不壞者五海月比葬面如生且微笑乃知二人以瞋喜作佛事也世人視身如金玉不旋踵爲糞土至人反是予以是知一切法以愛故壞以捨故常在豈不然哉予遷嶺南始識南華重辯長老語終日知其有道

引事未起不南華改棺事敘須着此段語

涵泳

也予自海南還則辯已寂久矣過南華吊其衆問塔墓所在衆曰我師昔作壽塔南華之東數里有不悦師者葬之别墓旣七百餘日矣今長老明公獨奮不顧發而歸之壽塔改棺易衣舉體如生衣皆鮮芳衆乃大服東坡居士曰辯視身爲何物棄之尸陀林以飼烏鳥何有安以壽塔爲明公知辯者特欲以化服同異而已乃以茗果奠其塔而書其事以遺其上足南華塔主可興師元符三年十

此是主意

二月十九日

王聖俞評禪家言體不化而如生者甚多恐亦有所附會且至於死則衆流歸盡是匪者曾何足言惟得東坡文差可以死矣

記與舟師夜坐

紹聖二年正月初五日與成都舟闍黎夜坐饑甚家人煑雞腸菜羹甚美緣是與舟談不二法舟請記之其語則不可記非不可記葢不暇記也

王聖俞評有可記便是妄語有不可記亦是妄語痛與掃盡

李卓吾評不可記便是不可思議無上大覺

事奇而快

記李若之事

晉方技傳有韋虛者父母使守稻牛食之虛見而不驅牛去乃理其殘亂者父母怒之虛曰物各欲食牛方食柰何驅之父母愈怒曰即如此何用理亂者爲虛曰此稻又欲得生此言有理虛固有道者耶呂猗母足得痿痺病十餘年虛療之去母數步坐瞑目寂然有頃曰扶起夫人坐猗曰夫人得疾十年豈可倉卒令起耶虛曰且試扶起兩人夾

扶而立少頃去夾者遂能行學道養氣者至足之餘能以氣與人都下道士李若之能之謂之布氣吾中子追少羸多疾若之相對坐爲布氣追聞腹中如初日所照溫溫也葢若之曾遇得道異人於華岳下云

王聖俞許其負玄解不徒志異

作皆語令人惻然

記故人病

元豐六年十月十二日夜一鼓後故人有得風疾者急往視之已不能言矣死生陰陽之爭其苦有甚於刀鋸木索者余知其不可救嘿爲祈死而已嗚呼哀哉此復何罪乎酒色之娛而已古人云甘嗜毒藥戲猛獸之爪牙豈虛言哉明日見一少年以此戒之少年笑曰甚矣子言之陋也色固吾之所甚好而死生疾病非吾之所怖也余曰有行乞

於道偃而號曰遺我一盂飯吾今以千斛之粟報子則市人皆掩口笑之有千斛之粟而無一盂之飯不可以欺小兒怖生於愛子能不怖死生而猶好色其可以欺我哉今世之爲高者皆少年之徒也戒生定定生慧此不刋之語也如有不從戒定生者皆妄也如慧而寔癡也如覺而實夢也悲夫

王聖俞評垂戒之言不妨痛切

記王子直來訪

紹聖元年十月三日始至惠州寓於嘉祐寺松風亭杖履所及雞犬相識明年遷於合江之行館得江樓豁徹之觀忘幽谷窈窕之趣未見其所休戚嶠南江北何以異也虔州鶴田處士王原子直不遠千里訪予於此留七十日而去東坡居士書

王聖俞許不飛語言倏然意表

記石塔長老答問

石塔來別居士居士云經過草草不見石塔塔起立云遮個是塼浮圖邪居士云有縫荅云無縫何以容世間螻蟻坡首肯之元豐八年八月二十七日

王聖俞許不惟可作禪師乃亦可作宰相

東坡鎮淮揚時石塔求觧院坡潦倒袖中出疏使見無啓讀之有爲東坡而少留之句

時元祐七年三月十六日并記之

記劉原父語

昔為鳳翔幕過長安見劉原父留吾劇飲數日酒酣謂吾曰昔陳季弼告陳元龍曰聞遠近之論謂明府驕而自矜元龍曰夫閨門雍穆有德有行吾敬陳元方兄弟淵清玉絜有禮有法吾敬華子魚清修疾惡有識有義吾敬趙元達博聞強記奇逸卓犖吾敬孔文舉雄姿傑出有王伯之略吾敬劉玄德所敬如此何驕之有餘子瑣瑣亦安足錄哉

因仰天太息此亦原父之雅趣也吾後在黄州作詩云平生我亦輕餘子晚歲誰人念此翁蓋記原父語也原父既没久矣尚有貢父在每與語今復死矣何時復見此俊傑人乎悲夫

王聖俞許東坡特爱元龍而託之原父耳意氣道上不顧世有側目人

陳登字元龍有雄姿異略許記嘗謂玄德曰元龍淮海之士豪氣不除

記道人戲語

紹聖二年五月九日都下有道人坐相國寺賣諸禁方緘題其一曰賣賭錢不輸方少年有博者以千金得之歸發視其方曰但止乞頭道人亦竊術矣戲語得千金然亦未嘗欺少年也

王聖俞評止乞頭則不賭矣不賭則不輸矣

唐高宗獵遇雨問谷那律曰雨衣若何則不漏對曰以瓦為之則不漏

蘇長公密語卷十三終

蘇長公密語目錄

卷十四

誌銘　碑　詞

傷春詞

蘇長公密語卷十四

姑孰古燮李一公闇生甫選
三衢杜承仕邦用甫校

誌銘　碑　詞

陸道士墓誌銘

道士陸惟忠字子厚眉山人家世爲黄冠師子厚獨狷潔精苦不容於其徒去之遠游始見余黄州出所作詩論内外丹指略葢自以爲决不死者然

予嘗告之曰子神清而骨寒其清可以仙其寒亦足以死其後十五年復來見余惠州則得瘦疾骨見衣表然詩益工論内丹外丹益精曰吾眞坐寒而死矣每從事於養生輒有以敗之類物有害吾生者余曰然子若死必復爲道士以究此志余時適得美石如黑玉曰當以是志子墓子厚笑曰幸甚从之子厚去余之河源開元觀客於縣令馮祖仁而余亦謫海南是歲五月十九日竟以疾卒年

五十祖仁葬之覲後蓋紹聖四年也銘曰
嗚呼多藝此黄冠詩棋醫卜内外丹無求於世宜
堅完龜饑鶴瘦終難安哀哉六巧坐一寒祝子復
來少宏寬毋復清詩助痟酸龍虎尢戾無或奸往
駕赤螭驂青鸞

一

至聖俞梓妙于用虛試檢道篇惟丹論及寒
瘦差有其實餘皆假設之言

李卓吾許好甚
鍾伯敬許大是神鴻

朱亥墓銘

崔巍高丘其下爲誰惟魏烈士朱亥是依時惟布衣不震不驚晉鄙在師孔嚴不孤進承其顚覩如豚豭昔在其屠誰養其威鼓刀市人誰者畏之世之勇夫殺人如蒿及其所難或失其刀惟是貧賤無以自豪是謂眞勇士之布衣其亦在養有或不養臨事而恐惟是屠者其養可取

陶石簣許文氣雄猛不贓居見

李卓吾評：事奇

鍾伯敬評：倆是豪俊人有至性

王氏墓誌銘

治平二年五月丁亥趙郡蘇軾之妻王氏卒於京師六月甲午殯於京城之西其明年六月壬午葬於眉之東北彭山縣安鎮鄉可龍里先君先夫人墓之西北八步軾銘其墓曰君諱弗眉之青神人（至情在此四字）鄉貢進士方之女生十有六年而歸於軾有子邁（看賢人行徑）君之未嫁事父母既嫁事吾先君先夫人皆以謹肅聞其始未嘗自言其知書也見軾讀書則終日

而人未超生
賊之外

輪迴投胎往
往而亞

人一悲悔少
不得

不去亦不知其能通也其後軾有所忘君輒能記之問其他書則皆略知之由是始知其敏而靜也從軾官於鳳翔軾有所爲於外君未嘗不問知其詳曰子去親遠不可以不愼曰以先君之所以戒軾者相語也軾與客言於外君立屏間聽之退必反覆其言曰某人也言輒持兩端惟子意之所嚮子何用與是人言有來求與軾親厚甚者君曰恐不能久其與人銳其去人必速已而果然將死之

歲其言多可聽類有識者其死也葢年二十有七
而已始死先君命軾曰婦從汝于艱難不可忘也
他日汝必葬諸其姑之側未期年而先君没軾謹
以遺令葬之銘曰
君得從先夫人于九原余不能嗚呼哀哉余永無
所依怙君雖没其有與爲婦何傷乎嗚呼哀哉

鍾伯敬評大學識借此文發之

三九八

愧懼二法助心發善心能愧能懼原具佛性

廣州資福寺羅漢閣碑

衆生以愛故入生死由於愛境有逆有順而生喜怒造種種業展轉六趣至千萬刼本所從來唯有一愛更無餘病佛大醫王對病爲藥唯有一捨更無餘藥常以此藥而治此病如水救火應手當滅云何衆生不滅此病是導師過非衆生咎何以故衆生所愛無過身體父母有疾割肉刺血初無難色若復鄰人從其求乞一爪一髮終不可得有二

妙

導師其一清淨不入諸相能知衆生生死之本能使衆生了然見知不生不死出輪回處是處安樂堪永依怙無異父母支體可捨而况財物其一導師以有爲心行有爲法縱不求利卽自求名譬如鄰人求乞爪髮終不可得而况肌肉以此觀之愛吝不捨是導師過設如有人無故取米投坑穽中見者皆恨若以此米施諸鳥雀見者皆喜鳥雀無知受我此施何異坑穽而人自然有喜有愠如使

導師有心有爲則此施者與棄何異以此觀之愛吝不捨非衆生咎四方之民皆以勤苦而得衣食所得毫末其苦無量獨此南越嶺海之民貿遷重寶坐獲富樂得之也易享之也愧是故其人以愧故捨海道幽險死生之間曾不容髮而况飄墮羅刹鬼國呼號神天佛菩薩僧以脫須臾當此之時身非已有而况財物寔同糞土是故其人以懼故捨愧懼二法助發善心是故越人輕施樂捨甲於

四方東莞古邑資福禪寺有老比丘祖堂其名未嘗戒也而律自嚴未嘗求也而人自施人之施堂如物在衡損益銖黍了然覺知堂之受施如水涵影雖千萬過無一留者堂以是故創作五百大阿羅漢嚴淨寶閣涌地千柱浮空三成壯麗之極實冠南越東坡居士見聞隨喜而說偈言

五百大士棲此城南株大貝皆東傾衆心回春栢再榮鐵林東來閣乃成實骨未到先通靈赤蛇白

璧珠夜明三十襲吉誰敢爭層簷飛空俯日星海
波不揺颶無聲天風徐來韻流鈴一洗瘴霧氷雪
清人無南北壽且寧

愛河一竭六根俱淨彈指成佛愧懼俱泯

景色情事泠泠然善

清溪詞

大江南兮九華西泛秋浦兮亂清溪水渺渺兮山無蹊路重複兮居者迷爛青紅兮粲高低松十里兮稻千畦山無人兮雲朝躋藹濛濛兮滄凄凄嘯林谷兮號水泥走鼪鼯兮下鳧鷖忽孤壘兮隱重堤杳冥莎兮聞犬雞鬱萬瓦兮鳥翼齊浮軒楹兮飛栱栟雁南歸兮寒蜩嘶弄秋水兮挹玻瓈朝市合兮雜耄倪被簞瓢兮佩鋤犁鳥獸散兮相扶携

隱驚雷兮鶩長霓望翠微兮古招提挂木抄兮翔雲梯若有人兮悵幽棲石爲門兮雲爲閨塊虛堂兮法喜妻呼猿狙兮子鹿麛我欲往兮奉杖藜獨長嘯兮謝阮嵇

陶石簣評寧學屈子未至又不作宋玉哀靡之調

傷春詞

去歲十二月虞部郎呂君文甫喪其妻安氏二月以書遺余曰安氏甚美而有賢行念之不忘思有以以爲不朽之託者願求一言以弔之余悲其意乃爲作傷春詞云佳人與歲皆逝兮歲既復而不返

○浮○追○思○去○歲○意○

付新春於居者兮獨安適而愈遠晝昏昏其如醉兮夜耿耿而不眠居兀兀不自覺兮紛過廷前之物變雪霜盡而鳥鳴兮陂塘泫其流暖步⋯荒園而訪

東坡密語　卷十四　詞　九

語語春柔情
語語傷春

遺跡兮蓊百草之生滿風泛泛而微度兮日遲遲而愈妍眇飛絮之無窮兮爛夭桃之欲然燕嘵嘵而稚嬌兮鳩穀穀其老怨蝶羣飛而相值兮蜂抱蕋而更讙善萬物之得時兮痛伊人之罹此究梟族出而侶游兮獨向壁而永歎淚熒熒而棲睫兮花搖月而增眩晝出門而不敢歸兮畏空室之漫漫忽入門而欲語兮嗟猶意其今存役寃鬼於宵夢兮追髣髴而無緣訪臨邛之道士兮從稠桑之

老人縱可得而復見兮恐荒忽而非眞求予文以
寫哀兮余亦愴恨而不能言夫旣其身之不顧兮
尚安用於斯文

王聖俞許連其妙絶

春光看時到佳人不再還傷春与悲秋可以

並傷

蘇長公密語卷十四終

蘇長公密語目録

卷十五

禱雨蟠溪文

祈雨吳山文

定州辭諸廟文

祈晴吳山文

謝晴文

謝雪文

蘇長公密語卷十五

祭文　祝文

祭歐陽公文

嗚呼哀哉公之生於世六十有六年民有父母國有蓍龜斯文有傳學者有師君子有所恃而不恐小人有所畏而不爲譬如大川喬嶽雖不見其運

動而功利之及於物者葢不可以數計而周知今公之沒也赤子無所仰庇朝廷無所稽疑斯文化爲異端而學者至於用夷君子以爲無與爲善而小人沛然自以爲得時譬如深山大澤龍亾而虎逝則變怪雜出舞鰌鱔而號狐狸昔其未用也天下以爲病而其旣用也則又以爲遲及其釋位而去也莫不冀其復用至其請老而歸也莫不惆悵失望而猶庶幾於萬一者幸公之未衰孰謂公無

復有意於斯世也奄一去而莫予追豈厭世溷濁潔身而逝乎將民之無祿而天莫之遺昔我先君懷寶遯世非公則莫能致而不肖無狀因緣出入受教門下者十有六年於茲聞公之喪義當匍匐往弔而懷祿不去愧古人以忸怩緘辭千里以寓一哀而已矣蓋上以爲天下慟而下以哭其私嗚呼哀哉

陶石簣評：善用長句，是太白歌行體。

鍾伯敬評
何等地步

摹期

祭歐陽文忠公文 潁州

嗚呼軾自齠齓以學爲嬉童子何知謂公我師晝誦其文夜夢見之十有五年乃克見公公爲拊掌歡笑改容此我輩人餘子莫羣我老將休付子斯文再拜稽首過矣公言雖知其過不敢不勉契闊艱難見公汝陰多士方譁而我獨南公曰子來實獲我心我所謂文必與道俱見利而遷則非我徒又拜稽首有死無易公雖云亡言如皎日元祐之

初起自南遷叔季在朝如見公顔入拜夫人羅列
諸孫敢以中子請婚叔氏夫人曰然師友之義凡
二十年再升公堂深衣廟門垂涕失聲白髮蒼顔
復見穎人穎人思公曰此門生雖無以報不辱其
門清穎洋洋東注于淮我懷先生豈有涯哉尚饗

鍾伯敬評淺語感傷哀而不傷至末更以與可言提醒與可妙甚

陶石簣評婉孌

祭文與可文

嗚呼哀哉與可能復飲此酒也夫能復賦詩以自樂鼓琴以自侑也夫嗚呼哀哉余尚忍言之氣噎悒而塡胸淚疾下而淋衣忽收淚以自問非夫人之爲慟而誰爲乎道之不行哀我無徒豈無友朋逝莫告余惟余與可匪亟匪徐招之不來麾之不去不可得而親其可得而疎之耶嗚呼哀哉孰能惇德秉義如與可之和而正乎孰能養民厚俗如

又進一步

與可之寬而明乎孰能爲詩與楚詞如與可之婉而清乎孰能齊寵辱忘得喪如與可之安而輕乎嗚呼哀哉余聞訃之三日夜不眠而坐喟夢相從而驚覺滿茵蓆之濡淚念有生之歸盡雖百年其必至惟有文爲不朽與有子爲不死雖富貴壽考之人未必皆有此二者也然余嘗聞與可之言是身如浮雲無去無來無亾無存則夫所謂不朽與不死者亦何足云乎嗚呼哀哉

妙于形容

祭龍井辯才文

嗚呼孔老異門儒釋分宫又于其間禪律相攻我見大海有北南東江河雖殊其至則同雖大法師自戒定通律無持破垢淨皆空講無辯訥事理皆融如不動山如常撞鐘如一月水如萬竅風八十一年生雖有終遇物而應施則無窮我初適吳尚見五公講有辯臻禪有璉嵩後二十年獨餘此翁今又往矣後生誰宗道俗欷歔山澤改容誰持一

盃往弔井龍我去杭時白叟黃童要我復來已許寸中山無此老去將安從噫參寥子往奠必躬豈無他人莫寫我胸

陶石簣評説法

夢中作祭春牛文

元豐六年十二月二十七日天欲明夢數吏人持紙一幅其上題云請祭春牛文予取筆疾書其上云三陽既至庶草將興爰出土牛以戒農事衣被丹青之好本出泥塗成毀須臾之間誰爲喜慍吏微笑曰此兩句復當有怒者旁一吏云不妨此是喚醒他

王聖俞評子瞻以口語得罪故託之夢言

鍾伯敬評：忽發妙理

惠州祭枯骨文

爾等暴骨于野，莫知何年，非兵則民，皆吾赤子。恭惟朝廷法令有掩骼之文，監司舉行無吝財之意，是用一新此宅，永安厥居。所恨犬豕傷殘，螻蟻穿穴，但爲藂冢，罕致全軀。幸雜居而靡爭，義同兄弟；或解脫而無戀，超生人天。

禱雨蟠溪文

歲秋矣物之幾成者待雨而已穟者已秀待雨而實三日不雨則穟者不實矣莢者已孕待雨而秀五日不雨則莢者不秀矣野有餘土室有閑民待雨而耕且種七日不雨則餘土不耕閑民不種矣穟者不實莢者不秀餘土不耕而閑民不種則守土之臣將有不任職之誅而山川鬼神將乏其祀茲用不敢寧居齋戒擇日並走羣望而精誠不歆

儼如對語

鍾伯敬許妙
古

神不顧答吏民無所請命聞之曰號有周文武之
師太公其可以病告乃用太祓之禮禱而不祠穀
梁子曰古之神人有應上公者通乎陰陽君親師
諸大夫道之而以請焉夫生而爲上公沒而爲神
人非公其誰當之詩曰維師尚父時維鷹揚凉彼
武王肆伐大商會朝清明公之仁且勇計其神靈
無所不能爲也吏民旣以雨望公公亦當任其責
敢布腹心公實圖之尚饗

祈雨吳山

杭之爲邦山澤相半十日之雨則病水一月不雨則病旱故水旱之請黷神爲甚今者止雨之禱未能踰月又以旱告矣吏以不德爲愧神以不倦爲德願終其賜俾克有秋尚饗

定州辭諸廟文

軾得罪于朝將適嶺表雖以謫去敢不告行區區之心神所鑒聽尚饗

祈晴吳山

歲既大熟惟神之賜害於垂成匪神之意築場爲塗卧穟生耳農泣于野其忍安視生爲楚英沒爲吳豪烈氣不泯視此海濤反雨爲暘何足告勞有潔斯醴匪神孰號尚饗

謝晴文

敢以清酌庶羞之奠昭告於某神賞罰在朝吏申明之及其有愆吏得正之雨暘在天神奉行之及其不時神得請之惟吏與神各率其職有求必獲則無虛食淫雨既止惟神之功肴酒匪報惟以告衷尚饗

謝雪文

天不吝澤神不怠職胡爲水旱吏則不德失政召災莫知自刻雨則號晴旱則禱雪神旣不譴又滿其欲四山暮霰萬瓦晨白驅攘疫癘甲折麰麥牲酒匪報維以告潔神食無愧吏則慚慄尚饗

蘇長公密語卷十五終

蘇長公密語卷十六

志林

東坡在儋耳因試筆自書云吾始至海南環視天水無際悽然傷之曰何時得出此島耶已而思之天地在積水中九州在大瀛海中中國在少海中有生孰不在島者覆盆水於地芥浮於水

情景逼真

蟻附於芥蔕然不知所濟少焉水涸蟻即徑去見其類出涕曰幾不復與子相見豈知俯仰之間有方軌八達之路乎念此可以一笑戊寅九月十二與客飲薄酒小醉信筆書此紙

東坡在儋耳時余三從兄諱延之自江陰擔簦萬里絶海往見留一月坡嘗誨以作文之法曰儋州雖數百家之聚州人之所須取之市而足然不可徒得也必有一物以攝之然後爲已用所

得意則超象數

謂一物者錢是也作文亦然天下之事散在經傳子史中不可徒得必得一物以攝之然後爲巳用所謂一物者意是也不得錢不可以取物不得意不可以用事此作文之要也吾兄拜領其言而書諸紳嘗以親製龜冠爲獻坡受之贈以詩云南海神龜三千歲兆叶開從生慶喜智能周物不周身未免人鑽七十二誰能用爾作小冠岣嶁耳孫翔其製君今此去寧復來欲慰

相思時整視今集中無此詩余嘗見其親筆後歸宜興道由無錫嘗至孫仲益家時仲益年在髫亂坡曰孺子習何藝孫曰學屬對坡曰衡門稚子璠璵器孫應聲曰翰苑仙人錦繡腸公撫其背曰眞璠璵器也二事皆吾鄉人士所知輒記於此 弇州

東坡曰意盡而言止者天下之至言也然而言止而意不盡尤爲極致

張子曰造化之妙則糟粕煨燼無非教也猶莊子云瓦礫粃糠無非道也例是而言東坡深於文者也故嬉笑怒駡皆成文章也張旭深於書者也故歌舞戲鬬皆草書也

欒城遺言讀書百遍經義自見東坡送安惇詩云故書不厭百回讀熟讀深思子自知荀子誦數以貫之思索以通之朱子曰誦數即今人讀書遍數也古人讀書精勤如此又云看書如服藥

藥多力自行

東坡題李秀才醉眠亭詩云君且歸休我欲眠人言此語出天然醉中對客眠何害須信陶潛未若賢山谷題鼂无咎卧陶軒亦云欲眠不遣客佳處正難忘

李卓吾曰君且休矣我欲眠來見此語非天然一醉中無此無眠者客去同眠到曉天語妙甚可参悟

高致虚云東坡言過温泉壁下見詩云直待衆生總無垢我方清冷混常流問人云何遵作因題一絶云石龍有口口無根自在流泉誰吐吞若信衆生本無垢此泉何處覔寒温何遵緣此知名後來京師每有賓客必出數篇讀者無不絶倒

留意於物往往成趣昔人好草書者夜夢則見蛟蛇糾結數年或晝日見之草書則工矣而所見

亦可患與可之所見豈真蛇耶抑草書之精也予平生好與與可劇談大噱此語恨不令與可聞之令其捧腹絕倒也

東坡少日學蘭亭故其書姿媚似徐季海至酒酣放浪意忘工拙字特瘦勁迺似柳誠懸中歲喜學顏魯公楊風子書其合處不減李北海至於筆圓而韻勝挾以文章妙天下忠義貫日月之氣本朝善書自當推爲第一數百年後必有知

此論者

曹公敗歸華容路多泥濘使老弱先行踐之而過曰劉備智過人而見事遲華容夾道皆葭葦使縱火則吾無遺類矣今赤壁少西對岸即華容鎮然岳州復有華容縣竟不知孰是今日李委秀才來相别因以小舟載酒飲赤壁下李善吹笛酒酣作數弄風起水湧大魚皆出上有栖鶻坐念孟德公瑾如昨日耳適會范子豐兄弟來

遂書以與之

蔣希魯家有楊文公與王魏公一帖用半幅紙有折痕其略云昨夜進士蔣堂攜所作文來極可喜不敢不布聞子瞻曰夜得一士旦以告人察其情若喜而不寐者世言文公爲魏公客公經國大謀人所不知者獨文公得與觀此帖不特見文公好賢下士之急且得一士必亟告之其補於公者亦多矣

李卓吾曰坡公此語如其人如其人

坡老言詩至杜工部書至顏魯公畫至吳道子天下之能事畢矣能事畢而衰生焉故吾于詩而得曹劉也書而得鍾索也畫而得顧陸也謂其能事未盡畢也噫此未易道也

公嘗言觀書夜嘗以三鼓爲率雖大醉歸亦必披展至倦乃寢自出詔獄之後不復觀一字矣秦少章於錢塘從公學一年未嘗見公特觀一書

也然每有賦詠及著誤所用故實雖目前爛熟事必令秦與叔黨諸人檢視而後出

俚語處貧賤易耐富貴難安勞苦易安閑散難忍痛易忍癢難人能安閑散耐富貴忍癢眞有道之士也東坡醉墨書此一段蓬家寳之甚久後入御府世無傳者

賀下不賀上此天下通語士人歷官一任得外無官謗中無所愧於心釋肩而去如大熱遠行雖

真言

未到家得清凉館舍一解衣漱濯已足樂矣況於致仕而歸脫冠珮訪林泉顧平生一無可恨者其樂豈可勝言哉余出入文忠門最久故見其欲釋位歸田可謂切矣他人或苟以藉口公發於至情如饑者之念食也顧勢有未可者耳觀與仲儀書論可退之節三至欲以得罪病而去君子之欲退其難如此可以爲進者之戒

天聖中曹瑋以節鎮定州王曦爲三司副使疎決

可識虜情

鍾伯敬評

深是吾心為

河北囚徒至定州瑋謂畋曰君相甚貴當為樞密使然吾昔為秦州聞德明歲使人以羊馬貨易於邊課所獲多少為賞罰時將以此殺人其子元昊年十三諫曰吾本以羊馬為國今反以資中原所得皆茶綵輕浮之物適足以驕惰吾民今又欲以此戮人茶綵日增羊馬日減吾國其削乎乃止不戮吾聞而異之使人圖其形信奇偉若德明死此子必為中國患其當君之為

國心脈自然透明鬷真庸人古今太平時如此輩甚多

鍾伯敬評單向官一邊便妙

樞密府平盍自今學兵講邊事鬷雖受教益亦未必信也其後鬷與張觀陳執中在樞府元昊反楊義上書論士兵事上問三人皆不知遂皆罷之鬷之孫爲子由婿故知之

儋耳進士黎子雲言城北十五里許有唐村庄民之老曰允從者年七十餘問子雲言宰相何苦以青苗錢困我於官有益乎子雲言官患民貧富不均富者逐什一益富貧者取倍稱至鬻田

並用由余治國極頃之言

可參廟謨

質口不能償故爲是法以均之允從笑曰貧富之不齊自古已然雖天公不能齊也子欲齊之乎民之有貧富由器用之有厚薄也子欲磨其厚等其薄厚者未動而薄者先穴矣元符三年子雲過予言此負薪能談王道正謂允從輩耶眞宗時或薦梅詢可用者上曰李沆嘗言其非君子時沆之没蓋二十餘年矣歐陽文忠公嘗問蘇子容曰宰相没二十年能使人主追信其言

鍾伯敬評格君心之非公在此二字

以何道子容言獨以無心故爾軾因贊其語曰以陳執中俗吏耳持至公猶能取信主上況如李公之才識而濟之無心耶時元祐三年與龍節賜宴尚書省論此是日又見王鞏云其父仲儀言陳執中罷相仁宗問誰可代卿者執中舉吳育上即召赴闕會乾元節侍宴偶醉坐睡忽驚顧拊牀呼其從者上愕然即除西京留臺以此觀之執中雖俗吏亦可賢也育之不相命矣

夫然晚節有心疾亦難大用仁宗非棄材之主也

先生元祐間出帥錢塘視事之初都商稅務押到匿稅人南劍州鄉貢進士吳味道以二巨卷作公名銜封至京師蘇侍郎宅公即呼味道前訊問其卷中果何物味道恐蹙而前曰味道今秋忝冒鄉薦鄉人集錢爲赴省之贐以百千就置建陽小紗得二百端因計道路所經場務盡行

宋道邦識人

雅度善成就人

抽稅則至都下不存其半心竊計之當令負天下重名而受弊士類唯內翰與侍郎耳總有敗露必能情貸味道遂假先生台銜緘封而來不探知先生已臨鎮此邦罪實難逃幸先生恕之公熟視笑呼掌牋奏書吏令去舊封換題細銜附至東京竹竿巷蘇侍郎宅并手書子由書一紙付示謂味道曰先輩這回將上天去也不妨來年高中過當却惠顧也味道悚謝再三次年

東坡密語　卷十六　志林　十

果登第還具牋啓謝殷勤公甚喜爲延欵數日

而去

建中靖國中坡公自儋耳歸卜居陽羨陽羨士大

夫猶畏而不敢與遊獨士人邵民瞻來從學坡

公亦喜其人時時相與策杖過長橋邵爲坡買

一宅爲緡五百坡傾囊僅能償之卜吉入居既

得日矣夜與邵步月至邨落聞婦人哭極哀坡

徙倚聽之曰異哉豈有大難割之愛觸于心歟

李卓吾評誰肯誰肯到此雜說大話矣

遂與卻推扉而入坡問嫗何爲嫗曰吾有居室相傳百年子不肖舉以售人吾今日遷百年舊居一旦訣別所以泣也坡爲之愴然問其故居所在卽五百緡所得者因再三慰撫之曰嫗之故居乃吾所售不必深悲當以還嫗卽命取屋券對嫗焚之呼其子迎母而還不索其直坡自是遂還毗陵不復買宅借顧塘橋孫氏居暫住焉是歲七月坡竟歿于借居

淳福人所爲

昔吾先君夫人僦宅於眉爲紗縠行一日二婢子
懸帛足陷於地視之深數尺有大甕覆以烏木
板先夫人急命以土塞之甕有物如人咳聲凡
一年乃已人以爲此有宿藏物欲出也夫人之
姪之問者聞之欲發焉會吾遷居之問遂僦此
宅掘丈餘不見甕所在其後某官於岐下所居
大柳下雪方尺不積雪晴地墳起數寸軾疑是
古人藏丹藥處欲發之亡妻崇德君曰使吾先

崇德不媿其姑

兩公真不可及

姑在必不發也軾愧而止

鍾伯敬評崇德真坡公大導師

張安道與歐文忠素不相知時安道守成都蘇明允携子瞻子由自眉州走成都見安道安道曰我何足為公重乃作書辦裝遣人送至京師謁文忠文忠時在翰林得明允子瞻子由著作喜安道所薦得人因謝安道曰後來文章當屬此人矣即極力推挽故天下高此兩公

先生臨錢塘郡日先君以武學博士出爲徐州學官待次姑蘇公遣舟邀取至郡留款數日約同劉景文泛舟西湖酒酣顧視湖山意頗歡適且語及先君被遇裕陵之初而嘆今日之除似是左遷久之復謂景文曰如某今日餘生亦皆裕陵之賜也景文請其說云某初逮繫御史獄獄具奏上是夕昏鼓既畢某方就寢忽見二人排闥而入投篋于地即枕臥之至四鼓某睡中覺

有撼體而連語云學士賀喜者某徐轉仄問之
卽日安心熟寢乃挈篋而出藎初奏上舒亶之
徒力抵上前必欲置之死地而裕陵初無深罪
之意密遣小黃門至獄中視其起居狀適某晝
寢鼻息如雷卽馳以聞裕陵顧謂左右曰朕知
蘇軾胸中無事者於是卽有黃州之命則裕陵
怨念臣子之心何以補報萬一後先君嘗以前
事語張嘉父嘉父云公自黃移汝州謝表旣上

裕陵覽之顧謂侍臣曰蘇軾眞奇才時有憾公者復前奏曰觀軾表中猶有怨望之語裕陵徐謂之曰朕已灼知蘇軾衷心實無他腸於是語塞

仁宗朝長公登進士科復應制科擢居異等英宗朝鳳翔簽判履任欲以唐故事召入翰林宰相限以近例且召試秘閣上曰未知其能否故試之如軾豈不能耶宰相猶難之及試又入優等

聖主

遂直史館神宗朝以議變更科舉法上得其議善之遂欲進用以與王安石論新法不合補外王黨李定之徒媒蘖不止遂作詩諷赴獄欲置之死賴上獨庇之得出止責置齊安因與近臣論人才曰軾方古人孰比對曰唐李白上曰不然白有軾之才無軾之學上累有意復用而言者力阻之一日特出手札曰蘇軾黜居思咎閱歲滋深人材實難不忍終弃遂量移臨汝哲宗

朝起知登州召爲南州舍人不數月遷西掖登
翰苑紹聖以後熈豐諸臣因元祐諸臣例遷謫
崇觀間蔡京蔡卞等用事以黨籍禁其文辭并
墨跡而毁之政和間忽弛其禁求軾墨跡世人
莫知其由或傳徽宗親臨寶籙宮醮筵一日啓
醮道士至醮壇拜章伏地久之方起上詰其故
答曰適至上帝所值奎宿奏事良久方畢始能
上其章上嘆訝問曰奎宿何神所奏何事對曰

所奏不可知然此宿乃本朝蘇軾上大驚不惟
弛其禁且欲玩其文詞墨跡一時士大夫從風
而靡光堯太上皇帝朝盡復軾官職擢其孫符
自小官至尚書太上皇帝尤愛其才乾道末遂
爲軾製文集敘贊命有司與集同刋因贈太師
謚文忠又賜其曾孫嶠出身擢爲臺諫侍從嗚
呼揚雄之文時人忽之且欲覆醬瓿揚雄亦自
謂後世復有揚子雲當知我今東坡詩文迺嘗

當代累朝神聖之知至此

此可作蘇長公文跋

蘇東坡密語卷十六終